GOBOOKS
& SITAK
GROUP©

U0000366

GOBOOKS
& SITAK
GROUP©

三日月書版

三日月書版

蝠星東來
Presented by LAN QI ZUO REN
novel.藍旗左衽 illust.ダエ
Since 1692.
三日月書版
輕世代
FW324
SP

Shalom Academy

Character File

「新手妖怪研習中」

賀福星 Fu Xin

外表年齡：16
實際年齡：18
生日：7/17
興趣：電玩、動漫、網拍
專長：自得其樂
喜歡的東西：和朋友在一起
討厭的東西：重補修

混血蝙蝠精

呃，我當了18年人類，
要我馬上習慣妖怪身分，太強人所難了啦！

Shalom Academy

Character File

「警告：危險勿近」

理昂・夏格維斯 Leon

闇血族

外表年齡：18
實際年齡：198
生日：11/3
興趣：閱讀
專長：冷兵器
喜歡的東西：安靜閱讀
討厭的東西：被迫做不想做的事

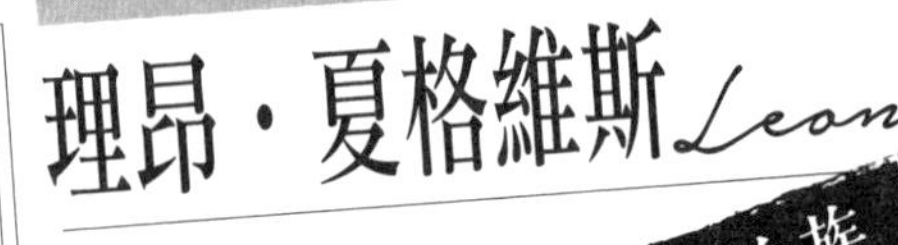

Shalom Academy
Character File

「嚴禁餵食」

洛柯羅 Rocort

外表年齡：18
實際年齡：？
生日：？
興趣：吃、和福星玩
專長：連續不斷地吃
喜歡的東西：吃點心
討厭的東西：蔬菜

吶，你身上有甜甜的味道，是食物嗎？

Shalom Academy
Character File

「拜金奸商」

翡翠 Emerald

外表年齡：18
實際年齡：98
生日：6/6
興趣：賺錢
專長：數學、歷史
喜歡的東西：營業盈餘
討厭的東西：營業虧損

風精靈

免費？我豈是膚淺到把友情看得比錢還重要的人！

Shalom Academy

Character File

「資深偽正太」

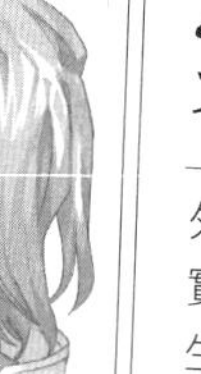

寒川 Samukawa

黑天狗

外表年齡：12(偽裝前) / 40(偽裝後)
實際年齡：854
生日：1/1
興趣：表：深造鑽研異能力操控
　　　裡：收集可愛的東西
專長：咒術操控
喜歡的東西：泡澡、可愛的物品
討厭的東西：錯誤百出的作業、山寨品

當掉，全部重修。

Shalom Academy

Character File

「生猛獸族。隱性傲嬌」

布拉德 Brad

狼人

外表年齡：19
實際年齡：98
生日：4/1
興趣：鍛鍊自我、極限運動
專長：武術、家政
喜歡的東西：在陽光下揮灑汗水
討厭的東西：闇血族

多說無益，是男子漢就用拳頭來溝通！

Shalom Academy

Character File

「聖母降臨」

珠月 Zhu Yue

蛟人

外表年齡：17
實際年齡：97
生日：3/5
興趣： 欣賞少年間的不純友誼互動
專長： 水中競技、文學、3C用品操作維修。
喜歡的東西： 花卉、男人的友情
討厭的東西： 海底油井、逆CP

……你還好嗎？不要過度勉強自己，我會幫你的。

Shalom Academy

Character File

「強效去汙」

丹絹 Dan Juan

蜘蛛精

外表年齡：17
實際年齡：99
生日：9/7
興趣：鑽研知識
專長：各科全能，清潔保健。
喜歡的東西： 排列整齊的書櫃
討厭的東西：髒亂不潔。

這種等級的作業對你來說有這麼難？你的腦袋是裝飾用嗎？

Shalom Academy

Character File

「女賓止步」

以薩·涅瓦 *Isaac*

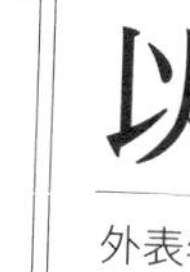

闇血族

外表年齡：18
實際年齡：122
生日：2/5
興趣：園藝、植物
專長：數學、植物學
喜歡的東西：花朵、溫室
討厭的東西：人群

女孩子像花一樣，很漂亮，但是很脆弱……福星的話，是塑膠花。

Shalom Academy

Character File

小花 *Floral*

貓妖

外表年齡：16
實際年齡：203
生日：11/16
興趣：美男鑑賞、觀察他人
專長：情報搜集
喜歡的東西：不為人知的祕密、美男
討厭的東西：自以為是的正義魔人

知道人們的祕密後，要他們聽令並不難。

Shalom Academy
Character File

「超肉食女王」

歌羅德 Grod

外表年齡：28
實際年齡：80
生日：12/24
興趣：美妝、逛街、作弄寒川
專長：巫毒、巫咒、作弄寒川
喜歡的東西：聖羅蘭口紅
討厭的東西：僵硬的教條規範

巫妖

你是在忤逆我嗎？嗯？

Shalom Academy
Character File

「無限放空」

子夜 Zi Ye

外表年齡：17
實際年齡：86
生日：5/2
興趣：發呆，看天空
專長：召喚系咒語
喜歡的東西：亮晶晶的小東西
討厭的東西：靜電

玄鳥

……喔。

Characters

Shalom Academy

Character File

「成人限定」

紅葉 Momiji

炎狐妖

外表年齡：18
實際年齡：92
生日：7/25
興趣：購物、交際
專長：被搭訕、被請客、被告白
喜歡的東西：居酒屋
討厭的東西：梅雨季

曖昧不明的，很釣人胃口吶。

Shalom Academy

Character File

「天真無邪」

妙春 Taeharu

狸貓妖

外表年齡：10
實際年齡：？
生日：10/20
興趣：翻花繩、爬山
專長：編花冠、丟沙包
喜歡的東西：花手鞠、橛餅
討厭的東西：臭魚乾

福星，你是痴漢嗎？

Shalom Academy

Character File

「特級暖男」

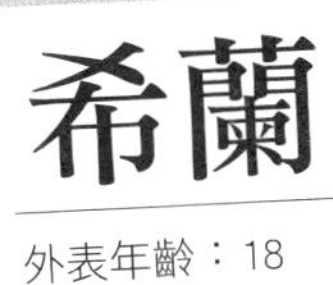

外表年齡：18

實際年齡：109

生日：12/19

興趣：小提琴、詩社

專長：古典文學、政治學

喜歡的東西：歌劇、音樂會

討厭的東西：期末評鑑

風精靈

小心點……
你和福星一樣要人費心照顧呢。

Shalom Academy

Character File

「愚民退散」

賀芙清 *Fu Chin*

外表年齡：26

實際年齡：26

生日：12/27

興趣：一邊做實驗一邊聽刑偵影集

專長：病理學

喜歡的東西：冰咖啡，鑑識劇

討厭的東西：不可愛的笨蛋

混血蝙蝠精

既然我們有血緣關係，我有義務容忍並
接納你的愚蠢。謝恩吧，蠢貨。

Shalom Academy
Character File

「異端滅除」

斐德爾 Fidel

人類

外表年齡：28
實際年齡：28
生日：5/7
興趣：靜坐冥想，武器研發
專長：近距離戰鬥，鼓舞振奮士氣
喜歡的東西：古董書，和同伴集訓
討厭的東西：一切特殊生命體

我的雙手雖被血沾染，卻能為世界除去黑暗。

Shalom Academy
Character File

「滅命之獸」

悠犽 Youny

神獸

外表年齡：18
實際年齡：？
生日：？
興趣：觀察夏洛姆學生的動態
專長：上古神級祕咒
喜歡的東西：順從自己的人
討厭的東西：人類

我即是真理與公義，我將代替神，審判世界——

Shalom Academy

＝蝠星東來＝

contents

Side story

雖然見到就討厭，

但是再也不見又會有點思念——

期末測驗・下

康妮絲的情報搜集及實戰課的突發大型測驗，像是一顆石頭，扔入了一灘渾濁沉靜的死水中，激起了不小的漣漪。

大戰結束後，驟然降臨的和平不只讓即將畢業的三年級生懈怠，一、二年級生的學習態度也相當輕慢，特別是在與作戰相關的課堂上，表現得最為明顯。

夏洛姆的教授群原本抱著睜一隻眼閉一隻眼的心態，畢竟大戰剛結束，他們也不想破壞這一派和諧的和平氣氛，只要學生別太過分，一切都好說。

但，若是懂得適可而止、見好就收的話，就不是學生了。

康妮絲的測驗獲得了眾教授的響應，壓抑已久的怨氣一口氣爆發，其他年級有不少教授也紛紛宣布將進行一試定生死的期末測驗。

雖然一時間哀鴻遍野，但原本瀰漫在校園裡的頹廢氛圍，也因此一掃而空，所有學生都躍躍欲試地投入實戰測驗。

昏昏欲睡的春末校園，因鬥志的火燄而勃然璀璨。

深夜時分。女子宿舍。

小花坐在自己的床區，床上和地上堆放著她搜集到的情報及各色武器道具。

凌晨時分，門扉開啟。課後便消失無蹤的珠月返回了寢室。

珠月發現小花沒睡，便一如往常地走向小花的床區。她站在門邊，讚嘆地看著琳瑯滿目的咒具。

「哇，小花，妳真的卯足全力耶。」

「畢竟是最後一次了。」小花漫不經心地瞥了珠月一眼，「妳不也是？站那麼遠，我都能感覺到張在妳身邊的防禦咒語了。」

珠月不好意思地笑了笑，「畢竟是最後一次了嘛。我們不知道彼此的陣營，還是小心為妙。」

小花冷哼了聲。

看珠月這小心謹慎的態度，她便能判定，對方的身分是密探。而根據她的情報，珠月課堂一結束便離校，回來的路途中也沒遇襲，還沒有死亡。眼前的情勢，怎麼看都是珠月處下風。

但她目前沒有打算對室友出手就是了。

「妳去哪裡了？」

「就……只是去買了些東西……」

「妳是不是打算透過離校外出消耗時間，避免過多的戰鬥、浪費體力？」小花犀利地點破。

珠月微愣，然後不好意思地低下了頭。

「妳這招已經有教授想到了，明天開始出校時間限制在兩小時以內，而且手續更複雜。妳最好想出其他方法應戰。」

「噢，好。那我去休息囉。」珠月看著小花，似乎有些猶豫顧慮。

「妳不用防備我。不管我是哪個陣營，除非必要，我不想讓寢室也淪為戰場。」

珠月鬆了口氣，「小花妳人真好。」她放膽走向小花的床邊，嘖嘖稱奇地看著床上的東西，「在校內就能弄到這麼多道具，小花真的很厲害呢。」

「小意思。」

「不過，」珠月看向小花，微笑，「這次，我也全力以赴了喔。」

珠月垂著的手倏地舉起，潛伏在其上的咒語迸射而出。

小花驚愕，但貓科動物的靈敏反應讓她在被擊中的前一刻即時閃避。

珠月什麼時候在手上預備咒語的？她並非完全沒防備，她在房間下了偵測結界，只要她以外的人發動咒語或身上帶著武器，便會啟動警報。

珠月是怎麼避開偵測的?!

見小花閃開攻擊，珠月仍非常從容，並沒有立即進攻。因為當小花跳開的那一刻，一黑一紅兩道人影如閃電般劈入房內。一人進攻，一人趁勢扔出了束縛的咒語。

轉眼間，小花已被制伏。

她看著攻擊自己的兩人，有些不可置信。

「紅葉？芮秋？」

雖然她們彼此關係不錯，是同一掛的，但很少這樣組合在一起。

珠月總是和她一起行動的。

「妳們什麼時候變得那麼要好？」小花提問，雖然語調冷靜，但怎麼聽都覺得帶著股酸意。

「我們本來就很好呀。況且，既然決定全力以赴，當然要找最有力的幫手。」

「為什麼偵測結界沒效？」

「既然決定全力以赴，當然要準備最強大的工具呀。」珠月燦笑，撈出頸子上掛著的玉珮。小花瞪大眼，因為那是非常罕見的靈玉。「我外出是為了回老家一趟。校外能收集到的東西更多、威力更強呢。」

如果小花準備的咒具等級堪比黑手黨械鬥，那珠月手上的咒具則是國際戰爭的等級。

完全不是同一個層次。

「這只是個測驗……」就算全力以赴，也衝得太過頭了吧！

「因為這是最後了。」珠月感慨一嘆，「最後的測驗，學園生活最後的時光。」

畢業不只代表學園生活的結束，也意味著，能近距離觀察美男互動、各種屬性各種配對近在咫尺唾手可得的日子，即將結束。

她馬上就要離開這滋養著她的妄夢的淨土。而她的收藏和回憶永遠都不夠。康妮絲的測驗給了她最棒的舞臺。她必須把握機會，庫存足以撐過後半生的妄想素材。

「所以，我會盡己所能，不會手下留情。」

珠月伸手在小花的頭上點了一下。小花低下頭，看見自己手中的烙印轉黑。

接著，珠月拿出一道符，貼在小花的頭上。符紙瞬間像是落入水中，捲起化散，沉入了小花的體內。

「這是限制行動的符令。只要妳配合我、照我的指示行事，便不會發動。對了，如果企圖移除符令，也會觸發咒語。」

「觸發咒語會怎樣？」如果只是些皮肉痛，她說不定能撐過去。

「放心，不會痛，我不會傷害我的朋友。」珠月溫柔地說著，「只是會讓人判斷力與智力下降，容易做出些愚蠢又丟臉的行為罷了。」

夠狠。小花笑道，「妳在三年前就對福星下了這個咒嗎？」

珠月輕笑，「小花妳真壞。」

「那麼，妳想要我做什麼？」

珠月遞了份文件給小花，「這是要麻煩妳協助的事項。記得把妳珍藏的器材全部帶上，過程中有損毀我會照價賠償。」

小花翻了翻文件，微愣，挑眉看向珠月。

「妳認真的？」

珠月回以一個深深的笑靨。

小花覺得自己看見了一頭母鯊。母鯊咧嘴，露出了森白的利牙。整個學園都是她的狩獵場。

被咬上的獵物，即將綻出桃紅色的血花。

男子宿舍。

福星抱著武器守在門邊，等著夜晚外出的室友歸來。

雖然他撂下狠話、要想出絕佳的計畫暗殺理昂，但是想了半天，仍沒有半點頭緒。最後決定還是老老實實地守株待兔，直接攻擊。

福星起初非常認真，眼觀四面耳聽八方地等待著，但兩小時後便膩了也累了。喝了好幾杯咖啡仍不敵睡意，最後在門邊放了桶水，手中緊握著劍，背靠在門上小憩。

這是他巧妙的設置。如果理昂回來推開門就會吵醒他，就算他沒醒，也會因為倒下來撞倒水桶而清醒。

根本天衣無縫、睿智至極呀。

福星安心地閉上眼，進入夢鄉。

「你該去上課了。」

不知道過了多久，一陣低沉的嗓音在他耳邊響起。福星不耐煩地轉過頭，避開聲音。

隨即冰涼的水潑到了他的臉上，打斷他的好眠。

「啊！」福星猛然起身，映入眼中的是拿著空水杯的理昂。

福星連忙舉起武器，但握在手中的卻是軟棉棉的被子。他也不是靠在門邊，而是躺在自己的床上。

窗外，微弱的曙光將漆黑的夜空染成灰色。時間已經清晨，再過不久太陽即將升起。

「你怎麼進房的？」為什麼他沒感覺?!

「從大門進來。」

「門口的水桶呢？」

「我一開門，它便被門板往內推。」理昂微微皺眉，「別告訴我那是你為了抓我設下的陷阱……」

「不，當然不是！」他才沒那麼蠢好嗎！「水桶在門後，那我呢？」

「你躺在茶几附近。」

福星暗暗咒罵自己一聲。

該死，他一定是睡太沉，一路滾過去的。

福星低頭看了看躺在床中的自己。

所以是理昂把他扛到床上的？如果是平常，他一定會非常感動，但現在還在測驗中，不能掉以輕心。

福星立刻舉起手掌，確認掌中的符紋。

還在，且沒有變色。理昂沒有殺了他。

看見福星的舉動，理昂嗤了聲。

「就算是在戰場上，我也不會濫殺熟睡中的平民小孩。」

「我才不是平民！」福星反駁道。

理昂這麼游刃有餘，讓他非常不滿。他惱怒地抓起枕頭砸向理昂，接著又拿起床邊的書、空寶特瓶和維他命罐朝理昂扔去。

看似狗急跳牆的胡亂攻擊，其實一半是出於賭氣。

理昂輕鬆地接下所有朝自己飛來的東西。

「要贏過你真難耶。」福星哀怨地說道。

「我的實戰經驗比你豐富。」

「喔……」

「這個測驗的目的，是奪取不同陣營的人的性命，而不是『我』的性命。雖然我可以是你的目標，但你不該把重點放在我身上。」理昂耐著心，像是老師一樣，諄諄告誡，「殺我或殺其他密探，得到的分數是一樣的。」

「所以呢？」

「你有你的優勢。你應該利用你的優勢和他人的盲點，為自己贏得基本分，再追求高分。」

「我有什麼優勢？」福星狐疑道。

雖然他體內的異能力強大，但是大戰之後，他的力量又變得和以前一樣，非常不穩定。寒川說，只要他多加練習，總有一天會找到訣竅，任意控制自己的力量。

總有一天。

絕對不是今天。

「你的優勢就是──」理昂停頓了一秒，嚴肅低語，「你看起來完全沒有優勢。」

「太看不起人了吧！」可惡，幹嘛那麼認真地嘲笑他啊！

「這不是嘲諷。這是忠告。」理昂認真地道。

為了讓室友成長，他不能提點太多。

理昂看了窗外一眼，灰暗的天空更明亮了些。

「我相信你的能耐不止於此。」語畢，便轉身離去。

福星思考著理昂的話，一時之間仍沒有頭緒。

理昂回到床區後，福星靜靜聆聽著隔壁的動靜。四十分鐘後，他躡手躡腳地走向室友的床位。

他站在外頭，看著昏暗的空間，裡頭傳來微弱但平穩的呼吸聲，聽起來裡面的人已經睡著。

福星向前一步，打算進到裡頭，但腳尖才剛超過門框，一股刺麻的靜電便從那裡襲上全身。

「啊！」福星連忙退開。

理昂在他的床區設下了防護結界。

福星看著門框，感受著在無形中運作的能量。

其實理昂就算完全不設結界，福星也動不了他。理昂是認真地防備他，把他當成對手。

這念頭讓福星的心振奮了起來。同時，嘴角也不自覺地揚起。

很好，正合他意！

福星用力地拍了拍自己的臉頰，接著快速地梳洗整頓之後，便準備去上課。臨走前他看了理昂的床區一眼。

好好等著吧，理昂！

福星離開臥室後沒多久，陽臺處傳來些許的聲響。落地窗倏然開啟，沒發出半點聲響。

幾道纖瘦的人影步入房中，動作極微輕巧，如同柳絮落地，靜默無聲。

但理昂仍感受到入侵者的氣息而醒來。

潛入者至少三人。他推測，大概是福星找了幫手捲土重來。

理昂暗暗輕笑。

毅力可佳。

他默默地握起預藏在被單下的武器，好整以暇地等著入侵者穿過門框。他設下的不是一般的防護結界，而是闇血族獨門的咒語，只有闇血族能破解得了。即便如此，但仍要有強大的異能力才能不動聲色地解開。

他不認為有學生能辦到，更不認為夏洛姆的闇血族有勇氣挑戰他——

「嘶……」

細小短促的消風聲傳來，在理昂意識到那聲音意味著什麼時，一記炫光朝他射來，使他全身僵化，動彈不得。

對方使用了非常強大的咒具。但夏洛姆的學生怎麼可能擁有這種等級的咒具。會是翡翠嗎？

四道人影走向床邊。理昂發現對方戴著面具、身穿寬鬆大衣，掩藏所有外觀上的特徵。

「你可以不用裝睡囉。」其中一人開口，發出了詭異的機械音。

竟然還戴了變聲器……

他以為自己已經夠認真面對測驗，沒想到有人投入得更徹底。

「放心，我們不會殺你。」為首的人開口，「只是想要你幫個忙。」

理昂冷笑，「我認同你們的能耐。但若認為我會幫你們殺人的話，未免也太過無知。」

「我們才不會做那麼暴殄天物的事呢。理昂同學有更重要的任務。」

理昂不解。

「來，喝杯水吧。」一直沉默的那個人從背包中拿出水瓶，扭開瓶蓋，湊到理昂嘴邊。

理昂遲疑了片刻，接著順從地喝下。

以現在的情勢，反抗只是浪費體力。如果對方想對他下毒，他受過毒物訓練，身體有一定的抗藥性，只要不致命，經過一段時間都能自行化解。

瓶中的液體乍聞之下帶著一點淡淡的清新花香，但一入口後，灼熱嗆辣的感覺在嘴裡炸開，沿著咽喉一路燎到胃部。

這是什麼東西？

頭部傳來一陣熟悉的暈眩感，他知道自己喝下的是什麼了。那是他生理上唯一無法抵抗、無法化解的東西。

「為什麼……」他不懂對方這麼做的意義何在，但還沒得到答案便失去了意識。

「搞定。」

珠月撤下束縛咒。紅葉和芮秋則拿出預備好的遮光布，將理昂層層包起，然後小心翼翼地放入麻袋中。

紅葉一肩將裝著理昂的布袋扛起，笑著開口，「這是我第一次進行字面上的偷人呢。」她躍上窗臺，「等會見。」

芮秋留在理昂的床區外，仔細地消除自己施咒的痕跡。只要一點點線索，理昂就能在事後反追蹤，查出她是共犯之一。

「沒想到妳竟然願意幫珠月幫到這種地步。」小花看著芮秋，對於芮秋大膽的行為感到不解，「妳有把柄在她手上嗎？她和妳談了什麼條件？」

「沒有。她的計畫非常有趣，我便答應了。」芮秋淺笑，「我們本來就是朋友，互相幫忙也沒什麼。」

小花皺眉。一瞬間她的心裡有些刺刺的感覺。

她立刻忽略，轉過身，照著珠月的指示，在房間裡安裝監聽器。

芮秋檢查完後便準備離開，她和珠月兩人在陽臺邊聊了幾句，聽起來氣氛非常愉快。

不知道為何，小花的心裡有點不爽。

「我裝好了，還有什麼事要做？」小花走向珠月。

「目前沒事。晚點才會進行下一步計畫。」珠月遞了張紙條給小花，「這是芮秋和紅葉幫忙調查到的刺客名單，或許不是百分之百正確，但可信度有八成以上。妳可以省下搜查時間，殺了他們妳就能復活。」

「不需要。」

珠月略微訝異，因為小花從不會放過任何有用的情報，她總是能利用就利用到底。她靜靜地盯著小花，接著像是想到了什麼似地，淺笑著開口。「妙春是刺客，紅葉主動讓妙春殺死得到基本分。我自願讓紅葉殺害，並答應保護妙春。這是她願意幫我的原因。」

「關我屁事。」小花冷聲回應，似乎對這消息完全不以為然。她停頓了兩秒，「妳和芮秋什麼時候變那麼熟？」

「我們一起上了歐洲文學史。她喜歡王爾德、安德烈．紀德和保爾．魏爾倫，我一聽就知道她非常有成為同道的潛力。」

小花一臉茫然，珠月便加以說明，「那三位，都是以轟轟烈烈的同性之愛而出名的作家吶。」

「所以妳就把她汙染了？」

「不是汙染，是啟發啦。」珠月沒好氣地回應。「我和芮秋往來很久了，我們分組報告還同一組呢，我不是告訴過妳嗎。我還節錄了她報告裡精彩的論點給妳看！」

小花愣了愣。記憶中，好像確實發生過這些事。但這種雞毛蒜皮的事，她根本沒放在心上。

「……我沒有汙染別人的癖好。」

「才不，妳只花心思在自己感興趣的事情上。與自己無關的東西，妳完全無視。」珠月搖了搖頭，「嚴格來說，小花也挺自我中心，挺失禮的。」

小花皺了皺眉。珠月說的是事實，她確實是自我中心的人。

「不過看在小花為了我吃醋的分上，就不和妳計較了。」珠月笑著開口。

「我沒有吃醋！」小花立刻反駁，「我只是覺得妳太過大意。妳就不擔心她們背叛妳？」

「她們不會。紅葉本來就遊戲人間，而芮秋是出生入死過的上級闇血族，對她來說，模擬實戰永遠只是模擬，她不會用像上戰場時的態度面對。這測驗已經夠麻煩，她們不會想要節外生枝增加難度。」

「確實如此。」小花的心情比方才釋懷了不少，卻仍然有些不快，「但妳如果一開始就找我聯手的話，根本不用拿自己的命做交易。」

「可是那樣就不好玩了。」珠月伸手點了點小花皺起的眉頭，「小花太強了，做每件事都游刃有餘，坐懷不亂。我偶爾也想看看小花吃驚吃癟的樣子。」

「妳還真無聊……」小花沒好氣地回應。她不知道，自己原本繃緊的嘴角此時微微上揚。

珠月笑了笑，「我去上課了。妳也加油囉！」

她伸手抱了小花一下，同時不由分說地把紙條塞到小花的手中，接著輕盈轉身離去。

「多事的瘋女人……」

課堂上，學生的出席率比平常低了許多。教授們也沒點名，逕自開始課程。

若是以往，為了避免教授彼此間的授課被影響，學生若是為了另一堂課而無法出席的話，必須遞交該堂授課教師簽章的請假報告。

但因為全校教師都被學生惹毛，集體護航康妮絲，直接在出席表上勾選全到，讓康妮絲免於行政文書之勞。

過了一夜，有些人已經死亡，也有人為了復活而殺人，根本分不出是密探或刺客。出席這堂課的學生坐得相當分散，展現明顯的警戒感。

只有福星和洛柯羅仍和平常一樣，一起坐在角落。

「翡翠怎麼沒來？」福星傳了幾次訊息，但對方都沒回應。難得他想和這奸商合作談生意的說。

「大概在忙著殺人吧。」洛柯羅一邊吃著泡芙一邊開口。

「他是殺手嗎？」

「不知道，去殺殺看就知道啦。」

福星翻白眼。

洛柯羅面前的泡芙堆得像小山一樣。他開心地吃著，完全沒有任何警戒或防備。

「你哪來的點心？」

「珠月給我的。」洛柯羅丟了個泡芙到嘴中，飽滿的內餡醬料沾在唇角。

「你的臉上有卡士達醬。」福星提醒道。

「哪裡？」

「這裡。」福星下意識地伸手，湊到了洛柯羅的嘴邊。

洛柯羅完全不躲不避，看著福星。

福星忽然意識到，只要他發動咒語，他的手中就有一條命了。

「怎麼了？」洛柯羅歪頭問道。

「沒有。」福星擦了擦手，「不過你也太疏忽了吧。這麼隨便就讓人碰你的臉，太沒有防備了。」

「福星不是別人呀。」洛柯羅笑了笑，「而且到目前為止，還沒有人敢動我。」

大戰之後，大家知道了洛柯羅的真實身分。

或許是這原因，課堂氣氛雖暗潮洶湧，但也沒人敢隨便對地獄犬出手。

他沾了洛柯羅的光。

福星皺起眉。

明明他也協助拯救了世界，但為什麼在其他伙伴的面前，他還是覺得自己好沒用。

如果他能隨意操控自己的異能力就好了。

下午的必修課，消失已久的翡翠終於出現，只是看起來非常疲倦。反而是珠月、紅葉幾個女生不見人影。

「你早上去哪裡了？」

「我被丹絹陷害，好不容易才重新復活。」翡翠瞪了丹絹一眼。

丹絹不以為意地冷哼，「你是自作自受。」

有了前車之鑑，丹絹做足了準備。雖然他仍與福星等人坐在一起，但他的蛛絲在身上結成了一層薄透的膜。帶著毒性的柔韌薄膜既是保護，也是武器，必要時還能金蟬脫殼，作為替身。

翡翠知道自己的室友必定做了準備，便暫時收起了怨氣。來日方長，總有機會報復的。

大教室內，教授平板的聲音在空間中迴蕩。每當教授轉過身寫字時，座席區便會爆起一兩記咒語的炫光或武器碰撞的聲音。

隨著時間流逝，學生們也越來越不客氣了。

相較於其他人的劍拔弩張，福星一伙人所在的區域顯得和平多了。

一道流箭射來，布拉德頭也不抬地拿起課本，像拍蒼蠅一般將之拍落。他看起來相當焦躁。

「你還好嗎？」福星小聲關切，「該不會是被殺了吧？」

「沒。我只是覺得無聊。」布拉德嘖聲，「因為我是密探陣營，不能像刺客一樣隨意動人。」

他不擅長情搜，之前團體活動時，都是聽令行事的那一方。

雖然誤殺了同陣營的人仍有復活的機會，但在眾人本身就對他有所防備的情況下，他不確定自己是否能在時間內復活。

「噓！」福星連忙制止，深怕別人聽到布拉德的身分。

「噓什麼，我巴不得有刺客找上門。」

布拉德摩拳擦掌，目光掃視教室裡的其他學生一圈，但沒人打算正面挑戰這鬥志高昂的獸人。

你眼前就有一個刺客……

福星暗忖。

他多希望自己也像布拉德一樣，擁有這樣的霸氣與自信。

下課後，福星刻意放慢速度，拖延了些時間，和翡翠留在教室。

「翡翠，我有些事想問你。」福星開門見山地開口，「你是刺客嗎？」

「給我十歐元我就告訴你。」

福星爽快掏錢。

翡翠接下錢，諂媚一笑，「你還想要其他服務嗎？」他聞到商機的味道。

「有，我想雇用你，在測驗期間當我的助手。」

「你如果只是想要躲到最後的話，可以買隱藏氣息的藥，五十歐元就好。」

「我沒有要躲！我雇用你是為了幫我獵殺我的目標。」

「誰？」

「理昂。我想暗殺理昂，他是刺客。」

「你怎麼知道的？」

「理昂告訴我的。」福星流暢地說著謊。「他根本不把我放在眼裡，我要讓他後悔。」

「有志氣。」翡翠拍手，「不過，雇用我的價格不低喔。你有錢嗎？」

「我只有一百歐元。但是——」福星深吸一口氣，趁自己後悔之前說出條件，「我願意幫你的商品代言，你可以任意使用我的照片做為廣告或包裝一整年。」

翡翠挑眉。這個條件非常誘人，福星目前是特殊生命體界眾所皆知的紅人，宣傳效果必定非常好。

「一年太短了，要十年。」

「不行。」

「五年。」

「不行。」

「三年，再砍就拉倒。而且我要壟斷你的代言權。」

「成交。」

福星和翡翠握手。

坐在一旁吃東西的洛柯羅插入其中，抓住兩人的手。

「我也要加入！我可以免費幫忙！」

「你少在那邊破壞行情！」翡翠斥喝。

「不然給我一包巧克力好了。」

「你不用幫我忙我也會請你吃啦。」福星笑道。

「你也是！你們這些傢伙，不要打亂市場秩序！」

福星笑看著眼前的好友。

不曉得他們發現自己被殺死時，會有什麼樣的表情。

他非常期待。

他突然能理解，珠月說的話是什麼意思。

這是最後一次了。

學園生活裡最後一次的實戰測驗。

最後一次，即使殺得你死我活，事後都能一笑置之的戰鬥。因為無論結果如何，都不會有生離死別。

這是最後一次，他們能夠無後顧之憂地享受過程的戰鬥。

他會全力以赴，讓所有人都刮目相看的。

傍晚時分。

布拉德上完搏擊課，走回宿舍。來到人煙罕至的小路時，他停下了腳步。

「出來吧。」他早就發現有人跟蹤他，刻意走到這裡是為了便於戰鬥。

當躲在林蔭間的人現身時，布拉德露出失望的表情。

「是妳啊。」原來是小花。雖然他知道小花很強，但和女生對打感覺很彆扭。

「有什麼事嗎？」

小花沒回應，只是嘆息。

布拉德沒把小花放在眼裡，「沒事的話我要走了。」

另外兩道身影倏地閃過，在他面前張起巨大的結界，限制住了他的行動。

對方戴著面具，但布拉德從動作判斷出對方應是女性。

布拉德冷哼。他集中力量，一拳擊向結界，卻發現結界堅固得超出預期。

「何必為了一個密探如此大費周章？」

戴著面具的人沒有回應。

她們接下來的舉動讓布拉德更加匪夷所思。其中一人揮手，召出一道水柱，將布拉德淋得一身濕。

「這種攻擊根本不痛不癢。」布拉德狐疑地看向召出水的蒙面人，「珠月，是小花威脅妳做出這些事嗎？」他猜想，珠月必定是出於不忍，所以才手下留情。

小花發出了一陣不屑至極的嗤聲。

「這水本來就不是為了攻擊用的。」蒙面人開口。「為了視覺效果。」

下一刻，另外兩個蒙面人開始朝結界裡灑花瓣及羽毛。

「這是在做什麼？」

腳步聲響起，布拉德發現結界中有另一人。

他躍起身，朝著來者出拳，但因為擔心對方是女生，因此力道和速度都收斂了許多。

厚實的拳頭被一隻冰涼的手掌包住。那隻手輕輕地往後一帶，將布拉德整個人抱個滿懷。

布拉德愣愣地看著來者。

「夜安。」理昂溫柔一笑，苦惱又憐惜地看著懷中的布拉德。「唉呀呀，粗魯又淘氣的小貓，妳怎麼把自己弄成這樣？」

「什麼？」不就弄溼而已嗎？不，重點是眼前的闇血族，狀況不對勁——

「別擔心，我來幫妳處理。」

理昂的手伸向布拉德。下一秒，布帛撕裂聲傳來。

「你！」

「放心，我會非常輕柔的。」

「住手——」

布拉德對理昂發動攻擊。理昂一一閃避，沒有回擊，他全部的注意力都放在布拉德的身上。

「真是隻貞烈的小野貓吶。」

結界外，四人津津有味地看著裡頭發生的一切。

「妳對理昂做了什麼？」芮秋好奇，「除了酒，妳還下了什麼藥嗎？」

珠月微笑。「沒有，我是在布拉德的身上動手腳。剛剛的水在布拉德的身邊形成幻霧，構築起幻影，只有結界裡的理昂才看得見。此時的布拉德在他眼中，是個全身爛泥髒汙、還爬著水蛭的落難少女。」

「為什麼是這樣的幻象？」

「喝醉的紳士理昂絕對會出手相助，企圖幫對方除去身上的髒汙和水蛭。」珠月揚起滿足的笑靨，「這樣外頭拍攝到的畫面，不僅不會突兀，還會非常美好。」

「算妳厲害。」

芮秋看著結界裡逐漸衣不蔽體的布拉德，笑著發表想法，「不過，我覺得布拉德當主動方的感覺也不錯呢。要不要改變幻象，或是多加些咒語，讓立場轉換一下？」

珠月的笑容僵了一下，「不行。」

「為什麼？」

珠月微笑，「這是原則問題。」

一瞬間，芮秋感受到了一股極具壓迫感的殺氣。

「別忤逆她。」小花壓低了聲音警告，「這女人瘋起來絕對比理昂可怕……」

當理昂和布拉德戰得難分難捨時，福星在翡翠和洛柯羅的幫助下，在寢室裡架好了陷阱。

空氣中瀰漫著淡淡的血腥味。地面上躺著一具幾可亂真的人偶，怎麼看都像是福星在寢室裡遇襲，倒臥在血泊裡。

至於福星本尊，則是靠著懸浮咒，停棲在天花板上，等著獵物歸來。翡翠在一樓入口處潛伏盯梢。

天色完全轉黑時，理昂的身影出現在通往宿舍的走廊上。

「理昂已進入宿舍。」翡翠對著手機低語，「大約三分鐘後抵達房間。」

「收到。」

福星緊盯門扉，心中有些許的忐忑。

沒問題的。就算理昂發現這是陷阱，翡翠和洛柯羅隨時會出現，協助他戰鬥。

來吧，理昂……

讓我殺了你。

門扉開啟，蒼白的身影步入房中。接著如同計畫，對方筆直地走向人偶，來到了福星的正下方。

就是現在！

福星解開一半懸浮咒，讓自己的上半身像鐘擺一般，朝著理昂所在的位置畫出了道完美的弧線。

下一秒，他將會扣住理昂的頸項，然後另一手繞到理昂面前，在對方額上烙下死亡之印。

勝利近在咫尺——

然而出乎福星意料，他的手在空中便被另一雙手給攔截，輕柔地包覆住，接著，十指相扣。

「呃?!」

透過走道上的燈光，福星發現，本該是背對著自己的理昂，不知何時，竟然已正面對著他。

失敗了嗎?沒關係，有B計畫!

福星打算解開懸浮咒，脫離這尷尬的狀態。但雙手被理昂握住的他，無法發動咒力。

「晚安，理昂。」福星故作鎮定，「看來你的手現在無法發動攻擊了。你知道你現在背後完全沒有防備嗎？」

他以為理昂會因此鬆手，護住背後的破綻，但是理昂不為所動，雙手仍緊握著福星。

「頭再往下五公分……」理昂低聲命令。

福星不解，「沒辦法，懸浮咒要嘛完全解開，不然只能解到這樣。」

理昂想做什麼？如果是要在他頭上留下烙印的話，當下的高度已經足夠。

「好吧，那麼這就是我的第一次。」

「第一次什麼？第一次割斷室友的動脈嗎？」不對勁，這個語調讓他有不祥的預感。

「當然不是。」微光中，他的室友勾起了迷人到足以殺死人的笑容，「這是我第一次吻一個人需要踮腳。」

「什麼?!」

看著那不斷朝自己靠近的俊顏，福星聞到了一股酒味。

眼看那薄唇的特寫越來越清晰，福星咬緊牙關，使出了全力，用地彎起腰。

「叩！」

彎腰時的動作過於猛烈，導致他的頭扎扎實實地賞了理昂的鼻子一記頭搥。

「唔……」

理昂鬆開了手。趁著空檔，福星連忙解開懸浮咒，整個人摔落地面，壓在那人偶上。

他連滾帶爬地起身，翡翠和洛柯羅也即時趕到，三人同時對著理昂扔出束縛咒，制伏住了理昂。

「竟然成功了。」翡翠打開燈，看著被繩索束縛住的理昂，不可置信這亂七八糟的戰術竟然真的有效。

「那是因為理昂手下留情。」福星撫著隱隱發痛的額頭。

「闇血族怎麼可能手下留情？」

「他醉了。」

「什麼？」翡翠訝異，同時他感覺到有一隻手搭上了他的肩，輕輕地撫摸著他的頭髮。

「這是糖絲做成的嗎？」低醇的嗓音拂過翡翠的耳朵，「僅是頭髮便如此誘人，我想，這精雕細琢的身體必定更為甜美……」

翡翠冒出雞皮疙瘩，慌忙跳到一旁。

「他是什麼時候掙脫的！」

地面上束縛著的身形，不知何時已換成了人偶。

理昂看著面前緊盯著自己的三人，輕笑。

「不用緊張，我不會攻擊你們。」

「你攻擊的話我比較安心……」翡翠抹了抹脖子，剛才的觸感還留著。

「理昂，你還好嗎？」福星擔憂地看著理昂。

「我沒事。你那小巧的額頭傷不了我。」理昂邊說邊伸出手，輕輕地摸了摸福星的額頭。

「我不是說那個。」福星將理昂的手移開，「你怎麼會喝醉？你在哪喝到酒的？」

「這個，恐怕我無法透露……」理昂苦笑。

「為什麼？」

「你忘了規則嗎，小鴿子？」理昂不放棄地伸手揉了揉福星的臉，「被殺的人不能透露凶手的身分呀……」

這個訊息比理昂醉酒更讓福星震驚不已。

「你被殺了?!」

「是的。」

「是誰幹的?啊,可惡,你不能說!」

福星此刻才發現,理昂的身上布滿了大大小小的傷口,衣服上也有斑駁血汙。

「你受傷了?」

「沒什麼,只是小傷罷了。」

福星捲起理昂的袖子,看到三道長長的爪痕。

「是布拉德?」

「不,是隻狂亂的小野貓。」理昂偏頭想了想,「不過她長得和布拉德有點像,或許他們是親戚吧。」

福星越聽越茫然。

他不認為布拉德有能耐殺死理昂,況且布拉德曾說,希望刺客主動找上門,理昂才不可能主動攻擊他。

「到底是誰……」

翡翠翻了翻白眼,「還用想嗎。能策畫出這種伎倆的人,只有一個。」

小花。

眾人心照不宣地浮現出同一個名字。

遠在彼端的小花打了個噴嚏。

「到底是怎麼發生的？一點都不能透露嗎？」福星不死心地追問。

理昂只能笑著搖頭，「別難過，雖然泛著淚光的眼眸也有如銀河一般美麗，但我會心疼……」

福星沉默不語，看著溫柔微笑著的理昂。

事情的發展完全超出他的預期。

他要就此收手嗎？畢竟他的目標已經被人捷足先登——

這是最後一次了。

珠月的話語聲在耳邊響起。

不，他才不收手！

「既然理昂已經死了，那麼我們的合作也到此結束？」翡翠發問。

「還沒結束！」福星吸了口氣，振奮起精神，「目標不變，我要殺了理昂。」

「但是——」

福星看著理昂，一字一字宣告，「我要先讓你復活，然後再殺了你！」

理昂勾起迷人的微笑。「我很期待，寶貝。」

費了一番工夫安撫理昂，讓他暫且願意收斂配合之後，福星決定親自去醫療中心一趟，找自家老姐拿解酒藥。

翡翠聲稱自己要準備找出凶手的道具，並打探刺客名單，便先行離開了。照料理昂的任務，落到了洛柯羅頭上。

「洛柯羅，幫我看守住理昂，別讓他出去，也別讓任何人進來，不能讓外人知道理昂現在的情況。有人來問的話，就說理昂在測驗中被暗算，身體不適不便見人。知道嗎？」福星臨走前再三交代。

「好，交給我吧！」

「真的……沒問題嗎？」

洛柯羅拍了拍胸脯，「放心，我以前守的是地獄入口呢！」

理昂笑著搭上洛柯羅的肩，對著兩人開口，「有你們這兩位天使在，到哪兒都是天堂。」

「才怪，福星之前帶我去一間蛋糕吃到飽的店，那才叫做天堂。」

福星看著對理昂的言行免疫的洛柯羅，稍微放心了些。

「我盡快回來。」

福星離去後沒多久，兩道身影鬼鬼祟祟地出現，飛身躍上福星的寢室陽臺。

「理昂要吃司康餅嗎？還有最後一個。」洛柯羅盯著腿上的紙盒，看著裡頭最後一塊點心。

「你吃吧，」理昂的手拂上洛柯羅的嘴角，「等你吃完，我再來品嘗那甘美的味道……」

「好，那我就不客氣了。」洛柯羅一口將司康餅塞入嘴中，然後把空盒遞給理昂，「吃完了，剩下的屑屑給你。」

理昂接下空盒，失笑出聲。

忽地，陽臺傳來了些動靜，兩記試探的敲門聲響起。

洛柯羅示意理昂坐在原地別動，自己走向落地窗。他拉開窗簾一看，發現來者是珠月和紅葉。

珠月禮貌地笑著詢問，「我們來找福星？」

「他不在。」洛柯羅想起福星的交代，又補了一句，「理昂被小花暗算，現在身體不適，不方便讓外人進來。」

「原來如此。」珠月和紅葉了然於心地點點頭，也沒多問，「那我們之後再來找他。」

珠月和紅葉旋身，一陣夜風拂過，將兩人身上的香氣帶入屋中。

「等一下！」

「怎麼了嗎？」珠月不解地開口。

洛柯羅往兩人身上嗅了嗅，「妳們身上有好香的味道。是什麼東西？」

「噢，紅葉和我剛才外出，買了些點心。」珠月看著洛柯羅期待的表情，笑問，「你想吃嗎？」

「要！」

「那給你吧。」珠月從背包裡拿出了個紙袋，遞給洛柯羅。

「全部都給我嗎?!」洛柯羅欣喜地看著紙袋，袋裡放著一個十吋的蛋糕盒，還有一罐噴式鮮奶油。「啊，還有鮮奶油！」

「那是贈品，你想要的話可以留下。」珠月笑道。

「太好了！」洛柯羅太過專注於點心上，沒注意到珠月的笑意裡閃爍著詭異的光彩。

「那我們先走了。」珠月將身子向裡頭探了些，看見了坐在沙發上的理昂，投以一笑，「保重。」

理昂回以紳士的一笑。

他知道對自己動手的人裡也有珠月。

他本以為小花才是首腦，但看著珠月的笑容，讓他不禁懷疑自己原先的推測。

不論誰是主謀，他是不會對淑女下手報復的。

洛柯羅捧著蛋糕興奮地進房，迫不及待地把盒子打開，露出了裡頭華麗的白色蛋糕。

「理昂你要吃嗎？」

「如果你願意餵我的話。」

「好啊，和剛才一樣，等我吃完屑屑留給你。」

洛柯羅切了一塊蛋糕，然後拿起裝著鮮奶油的鐵罐，搖了搖，對著蛋糕壓下按鈕——

「噗啪！」

噴頭爆裂，大量的白泡迸射而出，將蛋糕沖落地面，房中瞬間被帶著甜味的雪布滿。

「噢，糟糕，」洛柯羅看向理昂，「除了屑屑，想不想吃點別的東西？」

「不，謝了。」

當福星一拿到解酒液，便匆匆趕回寢室，打開房門，映入眼中的是一片狼藉。

「這是怎麼回事！」他是打開平行時空的大門了嗎？為什麼才離開二十分鐘便搞成這樣？

「別看我，我是被叫來幫忙的。」翡翠拿著拖把，沒好氣地開口。

渾身鮮奶油的洛柯羅不好意思地抓了抓頭，「我想在蛋糕上擠鮮奶油，結果它整罐爆開了。」

「哪來的蛋糕和鮮奶油？」

「珠月和紅葉剛剛來找你，我向她們要的。」

「珠月和紅葉？」福星警戒。

「放心，我驗過了，蛋糕和奶油上沒有任何咒語或藥性。」翡翠開口，「應該只是意外，因為除了清掃上的麻煩以外，對於測驗沒有任何影響。」

福星仍抱著懷疑。

在這非常時期，所有行為背後可能都另有目的。

比方說他，身為刺客明明有許多機會暗殺翡翠和洛柯羅，卻遲遲未行動。並非出於同伴情誼，而是為了等理昂清醒之後，再悄悄下手。

「洛柯羅，你現在有沒有覺得身體哪裡不舒服？」

「有。」洛柯羅伸手摀胸，「我的心很痛，因為我一口都沒吃到它就炸了。」

「喔……」看來真的只是個意外……吧？

翡翠一邊拖地一邊碎唸，「雖然蛋糕和奶油沒問題，但說不定這也是小花的陰謀，那陰險貓妖搞不好就是故意要找我們麻煩，讓我們不好過。」

「你不是說蛋糕是珠月她們送來的？」

「可能是小花暗中動了手腳，或者她強迫珠月照她的指示行事。」翡翠吃過好幾次小花的虧，覺得自己的假設非常有理。

遠在女子宿舍監聽福星房內一切動靜的珠月，對身旁的小花露出了不好意思的笑容。

小花翻了翻白眼。她自知形象太差，加上被珠月用咒語挾住，再大的黑鍋也能往身上背了。

看著凌亂的房間，福星捲起袖子，打算加入清掃。

「慢著。」翡翠制止了福星的動作，「你有其他任務。」

「什麼？」

翡翠指了指坐在沙發上的理昂，「把你的室友洗乾淨。還有，咒縛圈一個十歐元，總共五十。」

福星朝沙發望去，理昂對著他微微揮了揮手。他這才發現，理昂的雙手被細細的金線圈著。

「不這麼做的話，他會妨礙清掃。」翡翠心有餘悸地甩了甩頭。

「慢著，他手上只有一個縛圈，為什麼要收五十？」

「你以為你的室友很好對付？前四個全被他毀了。順便告訴你，那個過程不是很令人愉快。」翡翠揚聲反問，「你是不是很希望自己的照片印在痔瘡藥膏上？」

「抱歉，我錯了翡翠大人。我馬上帶他走。」

福星帶著理昂，來到了浴室更衣區，打算讓理昂先脫下那一身黏膩的衣服再進去清洗，以免弄得到處都是奶油。

「那個……你得脫衣服。」

「我們的進展似乎有點快呢，小美人。」理昂淺笑，「不過，這種事情，怎能勞煩小鴿子，應該要由紳士來服務。」他看了手上的縛圈一眼，似乎打算施力將之扯斷。

「不，不用，你別動！」福星連忙阻止，「我來就好，一點都不勞煩，我樂在其中！」

「是嗎？」理昂淺笑，舉起手，靠上了福星的肩，「這是我的榮幸。」

俊美妖異的容顏近在眼前，一個不小心，就會失足跌入另一個世界。

福星深吸了好幾口氣，穩住心緒。接著小心翼翼地把理昂的釦子解開，過程中，他的目光游移不定，不敢直視理昂的身體。

理昂莞爾，感嘆，「多麼純情的小雛菊。我們不是都共浴過了，還沒習慣？」

「我又沒有觀察別人身體的癖好！」好啦，他承認他在澡堂偷偷打量過理昂，但那和近距離接觸是兩回事。

「真可惜。」理昂惋嘆，「幸好天賜良機，等會兒我們有非常多時間互相欣賞。」

福星沒理會理昂的話語，將注意力放到理昂的衣服上，用力扯著理昂的衣服，黏滑的觸感讓他很難將釦子解開。

「需要幫忙嗎？」

「你不要動！」捏著釦子的手因理昂的動作而偏移重心，一路暴衝，向下方滑去，剎停在非常尷尬的三角地帶。

空氣彷彿瞬間凝結。

福星臉色發青。因為他的手摸到了一個堅硬的物體。

「這、這是……」他不敢低頭往下看。

「噢，淘氣的小鴿子。」理昂發出了曖昧的笑聲，「你摸到我的刀了。」

「啊啊啊！」福星連忙收手，「對不起！我不是故意的！我弄痛你了嗎？抱歉抱歉！」

「別擔心。」理昂看著慌亂的福星，輕聲安撫，接著將手伸向褲子側邊的口袋，掏出了把折疊小刀。「刀刃不會那麼容易彈開的。」

福星愣愣看著理昂手中的刀，「噢，原來真的是刀啊……怎麼這麼大又這麼硬，嚇我一跳。」

「你以為你摸到了什麼？」

「沒有！沒有！」

「如果你拿到了你以為的那樣東西，你會更驚訝。」理昂笑著把刀塞到了福星手中，「不管是哪一把，都非常致命。」

「理昂！」

遠在彼端監聽著一切的珠月，此刻激動得起立鼓掌。

「太棒了，真的太棒了！福星果然不負我的期望，我就知道他會觸發最振奮人心的事件與互動。」她的眼眶因太過激動，而泛起了欣慰又歡愉的淚水。「難怪公理之獸會選上他。神選之人果真不同凡響——」

小花瞥了珠月一眼，「拜託妳別汙辱神獸。」

福星好不容易幫理昂褪去衣服，接著將對方推到淋浴間，匆匆沖洗掉身上的髒汙，接著又半推半就地協助理昂穿上衣服。

「搞定了……」當福星走出浴室時，覺得自己好像打完一場仗一樣，減了十年壽命。

而出乎他的意料，原本一片狼藉的房間，此時竟已恢復原本的整潔。

「哇靠，翡翠你的動作還真快！」

「不是我，是洛柯羅，他幫了大忙。」

福星瞪大了眼，看向洛柯羅，「你把那些奶油舔光了？」

「拜託，我怎麼可能去舔。」洛柯羅搖頭，「那些奶油都融化了，口感和味道都變差很多。」

呃，所以如果沒有融化的話就會舔囉？

「不是。」翡翠沒好氣地解釋，「洛柯羅拜託布朗尼來打掃。」

只要是雌性動物，沒有人能拒絕得了洛柯羅的魅力。

「原來如此……」

折騰了一整晚，眾人身心俱疲。但值得慶幸的是，理昂受了酒力影響，洗完澡後體力不支，凌晨時分便進入夢鄉。

忙亂的一夜，就這樣過去。

早晨到來。

仗著測驗期間教授不點名，福星蹺了第一堂課，睡飽之後才從容起身，前往教室。出發前他看了安睡中的室友一眼，福星第一次這麼感謝闇血族的生理缺陷。傍晚回來時，理昂應該就酒醒了吧。屆時，便是戰鬥的時刻了。

然後，他會在揶揄調侃之中，帥氣地殺了理昂——希望是這樣啦。

又過了一天，課堂上的到課人數比前一天更少了。

隨著時間流逝，密探與刺客之間的廝殺演變得更加激烈。就連一般學生也受到波及，已有不少人誤觸了陷阱。

福星之所以願意乖乖上課，是因為教室是相較平和的地方。教室裡存放了不少教具，有些很貴，有些則是屬於難搞的教授，弄壞的話只會給自己惹來麻煩。

福星正準備和翡翠詢問情報時，有人從後方拍了他肩膀一下。

「啊啊啊！」福星驚叫著轉過頭，「布拉德，是你啊……」他鬆了口氣。

布拉德仍然以為他是密探，所以不用擔心對方會對他下手。

福星看著布拉德，不曉得是不是自己的錯覺，此刻的布拉德看起來有種歷經滄桑的感覺。

「理昂呢？」

福星微愣，「呃，現在是白天耶。」

「噢。對……」布拉德煩躁地抓了抓頭，坐入位中。

福星想到理昂身上的抓痕，便壓低聲音詢問，「布拉德，對理昂下手的人是你嗎？」

布拉德聞言，像是被踩到尾巴一般勃然暴怒，「被下手的人是我好嗎！」

福星嚇了一跳，他沒想到布拉德的反應會那麼劇烈。

「什、什麼？發生了什麼事？」

「昨天──」布拉德張口，像是想要一吐為快，卻又戛然而止，忿忿地撇過頭，「算了。」

「什麼意思啊？」福星一頭霧水，「不是你的話，那是誰？小花嗎？」

布拉德看了福星一眼，沒有承認也沒有否認。

過沒多久，珠月、紅葉及芮秋一同進教室，三人有說有笑地坐入座位中。小花則不見人影。

布拉德看向那三人，發出了一聲慨然長嘆。

「女人，真是難以捉摸的生物……」

福星看了看布拉德，又看了看珠月等人，摸不著任何頭緒。

傍晚時分，福星迫不及待地返回寢室，衝到了理昂的床區。

福星守在理昂的床邊，等著床上的人悠悠轉醒。

「理昂，你覺得怎麼？」

福星的身上戴滿了向翡翠購買的道具和武器，蓄勢待發，隨時準備應戰。

雖然理昂是他的目標，但他不會趁人之危。一旦確定理昂已恢復，他便會立刻動手。

澄澈的眼眸望向福星，白皙的手撫向福星的臉。

「守在睡美人身旁，應該是王子的職責才對……」理昂微笑。

福星聞言，整張臉垮了下來。

「為什麼你還沒清醒？你到底喝了什麼！」

怎麼會醉這麼久？按照以往的經驗，理昂再怎麼醉，睡了一覺後隔天便會恢復的說！

「我也不知道。放心，不會有事的。」

「你怎麼知道不會有事？如果你喝下去的東西產生了什麼變化，那要怎麼辦？如果你永遠都是這個樣子，那要怎麼辦？」

理昂苦笑反問，「若是恢復不了，你會和我絕交嗎？」

「當然不會！」福星想也不想地回答，「只是不太習慣，而且覺得很難為情啦……」

「謝謝你，福星。」

被理昂道謝，讓福星心裡輕飄飄的，他不好意思地抓了抓臉。

「總之，先別放棄太早，我們去找寒川幫忙，讓你恢復。」

福星伸手抓著理昂就要走，理昂卻沒有啟步。

「為什麼你那麼希望我恢復以往的樣子？你討厭這樣的我嗎？」理昂輕聲詢問。

「不管你變怎樣，我都不會討厭你。」福星嘆了口氣，「我是怕你做出太過脫序的事，清醒後會自責懊悔。」

理昂不喜歡別人知道他的小祕密，每次醉酒醒來，總是會陷入深深的懊惱和自責之中。

這也是為什麼他不帶理昂去人來人往的醫療中心。

「你真的很善良，福星。這世界的真善美在你身上具現。」

理昂揚起了溫柔卻極具危險性的笑意，「你最好別對我那麼好，免得我想做出讓你我都後悔的事……」

教職員宿舍區。

寒川打開房門，映入眼中的是一臉諂媚的福星。

「嘿嘿，晚安啊，寒川教授。」

「休想躲在我這裡避難。」寒川警告。

「我沒有要躲啦！」可惡，明明都拯救了世界，為什麼在大家眼中他還是那麼遜?!「不過我想請你幫個小忙，看看理昂的狀況。」

福星向旁邊退開了些，讓跟在身後的理昂展現在寒川面前。

寒川詫異挑眉。理昂．夏格維斯可不是會輕易向人求助的角色。

「夜安，小雲雀。」理昂牽起寒川的手移到自己嘴前，輕啄了一下，「月色讓你的美更加深邃動人。」

寒川像是被電到一樣，將手甩開。「這傢伙發什麼瘋？」

「他喝醉了，發酒瘋。」福星解釋，「以往只要隔天就會清醒，這回不知道是喝了什麼，從昨天晚上到現在都是這狀態。」

寒川聞言發噱，「看來康妮絲把你們逼急了，什麼手段都使出來了吶。非常好，我會建議教務組將這測驗列為常態……進屋吧。」

寒川測量了理昂的生理狀況，並且抽了點血。他將血液滴在一個瓷盤上，發動咒語，瓷盤瞬間燃起一道藍色火燄。

火燄熄滅後，盤中的血液變成了兩滴淺琥珀色的液體，並且帶有淡淡花香。

寒川聞了聞瓷盤中的液體，挑眉驚嘆，「這是狐酒和潮之釀混合的酒。」

「這是什麼酒？」

「非常稀有且珍貴。」拿來用在測驗上，雖然暴殄天物，但是這種無所不用其極的態度，讓寒川非常讚賞。「對特殊生命體而言也是非常烈的酒。」

「原來如此……」

狐酒和潮之釀？所以是珠月和紅葉囉？

一定是小花指使的。福星推測，那兩人應該是受到小花的指示或脅迫，才做出這樣的事。

「不過，他體內的酒精濃度非常低，攝入的量很少卻醉成這樣，酒力也太差了吧。」

「那是因為，能讓我痴迷沉醉的東西，不只酒精。」理昂深情款款地看著寒川。

寒川覺得全身寒毛聳立。

「有沒有什麼藥能解酒？醫療中心的解酒藥沒有用。」福星詢問。

「酒裡加了其他東西，應該是那些成分導致解酒藥無效。但若要分析的話，得花三天時間。」

「但是，離測驗結束只剩兩天了。」

「那你只好自求多福了。」寒川非常沒同情心地哂笑出聲，「放心，遲早會代謝掉的。」

雖然知道了酒醉的原因，卻對眼前的情況一點幫助也沒有。

福星帶著理昂回到宿舍。理昂非常想外出，福星不希望他出門，只好想盡辦法拖住理昂，分散對方的注意力。

這是非常吃力的差事。雖然有翡翠協助，但那傢伙堅持十二點一到就走人，不願多留。

至於洛柯羅，雖然對理昂的騷擾無感，然而他的注意力全放在點心上，對於應付理昂沒有多大的效用。十二點一到，福星便打發他和翡翠一起離開了。

此刻，房裡只剩下福星和理昂。

他們一起坐在沙發上，理昂從後方環著福星的腰，將下巴靠在福星的肩上，像是抱著玩偶一般，悠哉地看著書。

福星已經累到懶得掙扎了，認命地幫忙翻頁。

「我知道你是為了幫我守住祕密，所以不讓我外出。」理昂雙手一手環住福星的腰，一手移到福星面前，露出了黑色印記。「但你必須讓我外出獵殺刺客，你才有機會殺了我。」

「你不用擔心這些，我會搞定。」

福星伸手握住了那蒼白的手掌，盯著那印記，沉思不語。

雖然自己口口聲聲說會搞定一切，但其實他一點頭緒也沒有。如果最後真的來不及讓理昂復活的話，那麼，他會理昂殺了自己。

反正他回家鄉後可以重讀高中三年級，一樣可以拿到畢業證書。領不到夏洛姆的畢業證書雖然可惜，但對他而言影響不大。他可不能讓自尊心那麼強的理昂蒙上這樣的恥辱。

「我知道你在想什麼——」低醇的嗓音傳入了福星的耳中，溫熱的氣息貼上了他的頸旁。「要是你那麼做的話，我會非常、非常生氣，生氣到無法繼續保持紳士風度。」

福星連忙放開理昂的手掌，「我只是看看而已。」他停頓了一下，有點好奇，「不過，你生氣的話打算怎樣？」

酒醉的理昂如果生氣，是否代表著會變回平時嚴肅冷酷的狀態？

理昂笑了笑，靠向福星的耳邊，低語。

福星的臉立刻炸紅，像是坐到釘子一般跳開沙發，離理昂遠遠的。

「理昂．夏格維斯！你要是那麼做的話，我會和你絕交！」

監聽著一切的珠月瘋狂地調整儀器，但怎麼樣都無法聽見理昂到底說了什麼。

「小花，這機器沒辦法收到更小的聲音嗎？」

「我不是ＦＢＩ，沒那麼先進的設備。」

「所以ＦＢＩ會有囉？」珠月偏頭沉思，認真思考要如何從ＦＢＩ手中將設備弄到手。

小花搖頭。

這女人……已經走火入魔了啊。

黑夜過去，白晝到來。

趁著白天理昂入眠，福星、翡翠和洛柯羅一面蒐集刺客情報，一面找尋小花，想讓她交出解酒藥。他們掌握了幾個刺客的名單，由於戰鬥的白熱化，找到目標時，對方都已死亡。

而小花依然不見蹤影。

傍晚時分，福星回到寢室。面對醒來的理昂，那是另一個更讓人心力交瘁的戰爭。理昂的酒意似乎消退了一點，因為他的動作比先前更敏捷些，但是人格仍然沒有改變的跡象。

旭日東升。新的一日再度來臨。

這是測驗的最後一天。

福星來到了教室，裡頭只剩個位數的學生。兩節課過去，連洛柯羅和翡翠都不見人影。

福星撥了好幾次電話，卻一直聯絡不上。

難道出了什麼意外嗎？

「還好嗎？」坐在一旁的珠月，關切地詢問。

「沒事。妳有看見翡翠和洛柯羅嗎？」

珠月搖頭。

「那小花呢？這幾天她都在寢室嗎？」

「我不確定。」珠月苦笑，「她防備得很嚴，床區設下了嚴密的結界，外人看不見裡頭的情況，我連她是不是在房裡都不確定呢。」

「這樣呀……」福星停頓了一下，「對了，妳有潮之釀的解酒藥方嗎？」

「你知道潮之釀？那是非常珍貴的酒，它的解酒藥方也不容易配製。你要那個做什麼？」

「沒什麼，只是好奇。」

「如果你需要的話，等測驗結束後我可以幫你問問其他海中族裔。」

「沒關係，不用麻煩了，謝謝妳。」

看珠月的態度，似乎不知道理昂發生的事。

的確，夏洛姆的水族和狐妖那麼多，又不是只有珠月一個，他不該先入為主地認定一定與珠月和紅葉有關。

學員間的對戰更加激烈，且因為有其他年級的學生受到波及，不少學弟妹也加入了戰局，協助自己支持的學長姐。

一時間，夏洛姆呈現戰國林立的狀態。

福星一邊戰戰兢兢地上課，一邊試著找到同伴的下落。終於在傍晚時，接到了翡翠的電話。

「你們一整天去哪裡了？」

「我們被殺了，並且被限制住行動。」電話彼端傳來翡翠無奈又懊惱的聲音。

「什麼？」

「殺手現在才放了我們自己。剩下六小時，我們必須想辦法讓自己復活，不能和你一起行動了。抱歉無法履行合約，這幾天用到的咒具和符令就算你免費吧。」

「什麼?!」

「我必須掛電話了。」

「等等。」福星努力維持冷靜，「殺了你的人和殺了理昂的人是同一個嗎？」

「很有可能。」

「你剛和誰在一起？」測驗的規定是不能透露殺死自己的殺手身分，因此福星打算旁敲側擊，看能否找出蛛絲馬跡。

「我們不能回答這個問題。手上的符紋附加了監督系統，太過明顯的暗示會被判定犯規出局，我不能冒這個險。」翡翠停頓片刻，語重心長地開口，「別小看對手，她非常陰險狡詐，手段狠毒。」

「我知道了。」

福星推測，翡翠和洛柯羅大概被小花下咒，控制行動，所以才無法和他會合。

從頭到尾都神隱不露面的小花，到底藏在哪裡？

他很好奇，小花究竟撈了多少好處，讓她願意在這測驗裡搞出那麼大的陣仗。

福星返回寢室時，理昂正坐在沙發上看書。

「理昂？」福星試探地喚了聲。

「夜安。」理昂淺笑著回應，並沒有像之前那樣，以擁抱做為招呼。

「你酒醒了？」福星欣喜地衝到理昂身邊。

理昂闔上書，伸手探向福星的臉，指尖輕輕描畫那因睡眠不足和壓力造成的黑眼圈，憐惜地開口，「我發現，太過積極反而會揠傷稚嫩的愛苗。除非你主動接近，否則我不會碰你。」

「謝謝喔，如果你早兩天領悟就好。」福星沒好氣地嘀咕，「翡翠和洛柯羅被小花殺了還被控制行動，現在沒有盟友了。」

「你還有我。」

福星看向溫柔的理昂，長嘆了口氣。

「我還放話說要讓你復活之後再殺了你。多麼愚不可極，多麼狂妄呀。」

「千萬別這麼說，你非常優秀。」理昂遲疑了片刻，開口，「其實，你可以不用管我，就算被世人知道醉酒的樣貌，我也不在意。」

「才怪，你醒來就會在意了。」

福星了解他的室友。光是修學旅行時被伙伴發現自己的醉態，都能讓理昂懊惱好一陣子了。

理昂淺笑，「我無法否認。」

福星懊惱地搥了沙發一記，「為什麼我什麼事都做不好啊！」

他以為在經歷了那樣的大戰之後，他會有明顯的改變。

外人把他當救世英雄看待，但他自己知道，他還是那沒啥屁用的蹩腳蝙蝠精。

「你已經盡力了。」理昂拍了拍福星的背，「別太勉強自己。」

福星猛地站起身，「不要用對待小孩的方式對待我！我不是小孩子了！」

「但是，你才二十歲，就特殊生命體而言，是小孩沒錯。」

福星愣愣，想要回話，但是張口停頓了半天，不知道該說什麼。最後只能惱怒地低吼了聲，衝出房間。

福星跑到以前和悠猊會面的地方，坐在樹下。

吵不過人家就惱羞跑開，是屁孩才會做的事……他果然還是個幼稚的小鬼。

福星在心裡嘀咕。

他的心煩躁不已，卻不確定自己究竟為了什麼而心煩。並不是因為測驗時發生的事，在那之前，他的心裡就有種莫名的鬱悶。

是因為快畢業的關係嗎？好像又不完全是。又不是生離死別，畢業之後他們還是隨時能見面。

到底是為什麼呢？

如果悠猊在的話就好了。上古神獸累積數千年的智慧，絕對能為他開示解答。

遠方隱隱傳來打鬥的聲響。測驗即將結束，戰況進入最激烈的高峰。

福星也不打算掩藏自己。

要戰鬥就來吧！就算他無法帥氣地獲勝，也會讓對方吃足苦頭！

一名學生匆匆經過，福星認出對方是E班的獸族，常和布拉德一起練拳。他在心裡叫了聲糟，默默估算此處到醫療中心之間的距離。

對方看見福星時停頓了下，接著繼續自己的腳步，沒對福星動手。

這態度讓福星相當不滿。

「喂，你給我等一下。」福星大聲叫喚。

獸族學生停下腳步，挑眉，「有事？」

福星語氣立刻轉變，「那個，冒昧請教一下，為什麼你不攻擊我呢？是因為覺得我是封印神獸的勇者，出於敬畏才如此嗎？」

「啥？誰會管那些啊！」獸族學生感到荒謬不已，「你是很偉大沒錯，但沒對你出手是因為，現在殺密探沒什麼屁用。」

「為什麼？」

「兩個陣營都死一堆人，得靠活的刺客才能復活。」

「喔，對喔……」福星有點不好意思。「等等，為什麼你知道我是密探？」

「布拉德聊天從不收斂音量，第一天大家就知道你是密探了。就算一開始有所懷疑，但是這幾天下來發現，你白天總是跟著同伴集體行動，晚上便躲回寢室接受闇血族的庇護，這樣的人不會是刺客的。」

福星尷尬地扯了扯嘴角，「還真的是……被你們看穿了吶。」

獸族學生離開後，福星坐回地面。

看來他根本沒必要躲藏。

你的優勢是看起來沒有優勢。

他想起理昂說過的話。原本以為那是理昂的戲謔之詞，卻是相當實用的箴言。

如果他早一點有自覺的話，就不會淪落到這種局面了。

煩躁感再度襲來。

過沒多久，身旁的草叢傳來腳步聲，接著清麗的身影出現。

「珠月！」

「福星？」珠月看見福星，相當詫異。

「妳來這裡做什麼？」

「剩幾小時測驗就結束了，我不想在這時候冒險失去性命，所以來這裡避難。你也是嗎？」

事實上，珠月是因為監聽到了福星和理昂吵架，於是透過追蹤咒，找到福星的位置。

「噢，對啊。」福星不好意思地抓了抓臉。

珠月打量了福星片刻，關心地開口，「福星，你還好嗎？」

「我沒事。」他心情不好有這麼明顯嗎？

「你是擔心分數嗎？你還沒復活嗎？」

「不是。」福星嘆了口氣，「我和理昂吵架了……」

他大致說了原委，但沒把理昂醉酒的事及他們之間的約定說出去。

珠月靜靜聽完後，淺笑，「對我們而言，你確實是小弟弟呀。你才二十歲，我還覺得你太早熟了呢。」

「不只是年齡。都要畢業了，但我到現在都還沒辦法穩定操控自己的異能力。」

「可是，在最後的戰爭你救了大家，你的能耐絕對是無庸置疑的。多加練習，總有一天你能隨心所欲地控制那股力量。」

「我知道……」這些他都知道，但他就是希望那一天立刻到來。

「你不用急著在畢業前證明自己是成熟的特殊生命體，不必趕在畢業之前留給大家完美的印象。」

福星覺得自己的心頭被戳了一下。

距離畢業只剩一個月。他想在最後的時光裡，向他的伙伴證明自己足以獨當一面，證明自己不再是那個讓人擔憂掛心的混血蝙蝠精。

他的伙伴對未來都有著明確的目標和方向。

他也有，他報了重考班，準備考大學。相較之下，格局不僅小，而且充滿了未知，前途堪憂。

在夏洛姆的點點滴滴，是他目前生命中最璀璨、最快樂的時光，他想為此畫上完美的句點。

但事情不如他所預期。或許正是因為這樣，導致他莫名地煩躁吧。

「好吧，我知道了，看來我必須接受自己就是個不成熟的屁孩……」

「不只是你，我們都不夠成熟，還有成長和改變的空間。」珠月溫柔一笑，「因為你年紀比較小，所以你的發展潛力比我們都來得大。未來再度相逢時，你的成長必定會讓我們驚豔。」

福星覺得心頭暖暖的，鬱結的心情好轉了許多。

「謝謝妳，珠月。」

明明同年級，珠月卻如此穩重。真希望自己也能像珠月一樣——啊，不對，應該說，希望日後也能成為像珠月一樣穩重並善於安慰人的大人。

「別想太多。你只是太累了，所以容易鑽牛角尖。畢竟要和那樣的理昂相處，得耗費不少精力。」

「是啊……」

嗯？等一下。好像不太對勁。

珠月的話語讓福星感覺到一股異樣。

你的優勢是看起來沒有優勢。

理昂的話語再次浮現腦中。

他能夠利用他人先入為主的盲點，為自己製造機會；別人也能利用先入為主的盲點，蒙蔽眾人。

福星開始思考整個測驗中發生的事。

他們全都認定小花就是主謀，但是仔細想想，那多半是大家的推測，沒有具體證據。況且，作案手法雖然縝密，但是和小花的行事風格不太一樣，最後三天直接神隱也不符合她的個性。

還有翡翠最後的來電，最後那一句警告。

別小看對手，她非常陰險狡詐，手段狠毒。

如果犯人真的是小花，翡翠根本不用提醒，大家都知道小花是不好惹的狠角色。大家對小花先入為主的觀念，成為了真凶的優勢。

福星看向珠月。

前幾天送蛋糕和鮮奶油到他房裡的其中一人，便是珠月。他們當時以為小花是主謀，以為那些沒有實際攻擊效果的鮮奶油，是出於意外才爆開。

如果主謀是另一個人的話，或許鮮奶油另有功用……

福星心中漸漸有底，同時腦中浮現了個計畫。他暗暗將手伸入口袋中，握住預備好的咒語。

他不動聲色，長嘆了一聲，「雖然以特殊生命體而言，我還是個孩子，但以人類而言，我已經是成年人了，卻仍然不夠成熟穩重。」

「你有你的優點呀，福星。」

福星望著珠月，苦笑。「珠月，妳人真好，又美麗又善良，所以不用再安慰我了。」

「不是安慰，你有著別人無法超越的天分和潛力，千萬不要妄自菲薄。」珠月揚起真誠的笑容。

「真的嗎？」

「是的。」

福星勾起嘴角，露出釋然的微笑。他沉默了片刻，接著深吸了一口氣，抬起頭，以前所未有的認真表情，凝視著珠月。

「珠月，其實……有件事我藏在心底很久了，一直沒告訴妳。因為我沒有自信，也沒有勇氣。」他靦腆地搔了搔下巴，「其實，三年前認識妳時就想和妳說了。」

看著這樣的福星，珠月的心裡響起警鈴。

「福星，有些話放在心裡就好。」珠月微笑，開始和福星打太極。

從小到大愛慕她的異性不少，她對眼前的氣氛和情境並不陌生。她知道福星打算做什麼，這讓她深陷惶恐之中。

「不，珠月，我一定要告訴妳。畢竟之後可能就沒有機會了。我一定要告訴妳我的心意，這是我的肺腑之言。我一直都喜——」

珠月瞪大了眼。

噢，不，不要，千萬不要開口。千萬不要向她告白！千萬不要破壞她的美夢——她不要成為拆散自己本命CP的罪人。

「不！住口！我不要聽！」珠月伸手將耳朵緊緊摀住，逃避現實。

「珠月，別這樣。」福星伸手抓住珠月的手，試圖將之移開，「這是我的真心話，請妳接受……」

珠月死命地壓住耳朵，任由福星拉扯就是不放開。

「我不想聽！你放手！」

「好吧。」福星倏地鬆開手，然後在珠月尚未反應過來之前，從口袋抽出向翡翠購買的束縛咒，往珠月身上一點。

突如其來的發展，讓珠月防避不及，愣愣在地。

福星握住珠月的手，移到面前。珠月的掌心浮現了紅色的刺客印記。

「哇，沒想到妳也是刺客，還好我沒貿然下手。」

「這是……」

「我在手中擦了顯像的藥膏，能夠讓隱藏的符紋顯現，還有滋潤肌膚的效果。缺點是必須抹在印記所在之處，使用時機非常難掌控。因為難用，所以只要五歐元就能加購了。」

趁著方才掙扎拉扯，他便將珠月的雙手徹底塗上了這藥膏。

珠月挑眉，輕輕地嘆了口氣，笑著望向福星，「你什麼時候發現我是主謀的？」

「就在剛才，妳自己說溜了嘴。」

「我？」

「妳說，照顧『那樣的』理昂得花不少精力。但外人只知道理昂身體不適，沒人知道他醉了。那天妳雖然送了蛋糕過來，看到了理昂，但理昂那時坐在沙發上，沒有和妳互動，妳不可能知道他的狀態。守門的洛柯羅或許不夠精明，但交代他的事他會謹守到底，不會向任何人透露理昂酒醉的事。只有對理昂下藥——不，下酒的真凶才知道實情。」福星侃侃說著，覺得自己彷彿成為傳說中的名偵探。

「但我可能只是被迫成為共犯，未必是主謀呀。」

「翡翠最後的那通電話是關鍵。大家本來就知道小花是個陰險狡詐的狠角色，要我留意小花就像叫我記得呼吸一樣，多此一舉。」福星深吸了一口氣，「以上。便足以證明妳是主謀。就算不是，至少知道妳的陣營。」

珠月笑出聲，由衷感嘆，「真有你的吶，福星。」

「畢竟是最後一次了，當然得好好表現。」福星笑了笑，「要麻煩妳和我走一趟了。」

他必須讓理昂復活，才能和理昂決鬥。

「等一下。」珠月轉過頭，對著不遠處喚了聲，「小花。」

小花從暗中走出。

福星沒料到還有埋伏，便立刻戒備。

「放心，小花也是活著的刺客。」珠月對著小花指示，「把解酒劑給他。」

小花打開背包，拿出一個淺藍色的小瓶子，遞給福星。

福星看著像小嘍囉一般照著指示行動的小花，忍不住咋舌。「妳這黑鍋背得還真徹底。」

「我已深切反省……」

「還有四小時，如果你想要殺了理昂，必須把握時間了。」珠月笑著提醒。

「我會的——等等，妳怎麼知道我想殺了理昂？」

珠月回以一記高深莫測的笑容。

拿到醒酒劑後，福星火速衝回寢室。一打開門，理昂便滿臉歉意地迎向前。

「方才我太過唐突，我為我的言行深感抱歉。」理昂發現珠月也在場，便笑著和對方問安，「珠月，妳的眼眸一如以往澄透迷人，彷彿收藏了整座海面上的月光。」

「好啦好啦知道了。」福星將解酒劑遞到理昂面前，「這是解酒劑，快喝！」

理昂看著面前的小瓶子，感動不已，雙手捧住福星的手，「英勇的小鴿子，你的睿智與勇氣如同雅典娜——」

福星受不了理昂的囉嗦，直接扭開瓶蓋，往理昂的嘴裡灌去。

理昂從福星手中接下瓶子，將裡頭的液體一飲而盡。他擦了擦嘴角，感嘆，「下回可以輕柔點，我建議用更柔軟的容器……唔！」

一陣強烈的衝擊襲向理昂的腦子，像是數道閃電同時擊向頭部一般，將他的意識劈成碎塊，沒入黑暗之中。

不知過了多久，理昂聽見有人叫喚他的名字。

「理昂，該起床囉……」

他覺得自己彷彿陷在深海，他只能循著那聲音，吃力地往海面上游去。當他觸及到海平面的那一刻，隱隱作痛的腦子將他與現實連結。

理昂緩緩睜開雙眼，看見福星正坐在自己身旁，笑看著自己。

過去五天的記憶，斷斷續續地浮上腦海。

「你還好嗎？」

「不好。」理昂坐起身，懊惱地低咒，「我再次失態，給人添了麻煩……」

「這次是在測驗中被暗算，大家能理解的。」福星拍了拍理昂，「那麼，你還有哪裡不舒服嗎？可以站起來嗎？可以走路嗎？」

理昂伸了伸四肢，「我沒事。」

「那真是太好了。」福星燦笑。下一秒，一把刀冷不防地朝理昂刺去。

理昂靈敏地躍起身，避開攻擊，不解地看向福星。

「測驗還沒結束喔。」福星提醒。

「我已經死了，你攻擊我並沒有意義。」

「你確定？」福星笑問。

理昂低頭看向掌心，發現自己的紋印再度出現。

「珠月是刺客，我抓住她，先讓你取我的生命復活，接著我再奪取她的性命重生。我說過，我會讓你復活再殺了你。驚訝吧？」

「一點也不。」理昂看著福星，由衷開口，「我一直相信你辦得到。」

「真的？」福星漾起燦爛的笑容，接著抽出兩張符紙，「那麼，還剩二十分鐘，我會使勁全力殺了你。」

理昂看著躍躍欲試的福星，嘴角勾起淡淡的淺笑。「我不會手下留情的。」

「很好。」福星對著理昂丟出符咒，符紙在空中化為飛鏢，射向理昂，「正合我意。」

理昂一個翻身，躲開攻擊，接著衝向自己的床區，掀開武器櫃。

但櫃子裡空無一物。

「抱歉，我和你借了些東西。」提著長劍，腰間插著刀刃的福星出現在門邊，那些全是從理昂的房裡搜括來的。「希望你不會介意呀。」

「當然。」理昂笑著踢開床板，露出另一批兵器，「武器我多的是。」

他用腳一挑，勾起一把彎刀，一個旋身便向福星劈砍而下。

「哇靠！」太犯規了吧！

兵戎交錯。

金屬碰撞聲、符令發動聲，以及家具的破壞聲接連在房內響起。

兩人肆意追逐，任意地用兵器和咒令攻擊著對方。房裡亂成一團，但住宿者並不在意。

與其說是戰鬥，不如說像兩個大男孩在打鬧。

理昂看了下牆上的鐘，還剩兩分鐘。

他看向不斷對自己發動攻擊的福星，對方的動作雖然比以往俐落，但在他面前看起來仍慢了半拍。

該結束了。

他看準福星行動的路線，朝地面拋出兩記符令。地面瞬間凹下了個坑，福星正好一腳踏入其中。

「啊！」

福星重心不穩，整個人向前撲跌。他身上綁滿兵器，要是這樣摔下去，準會被撞出幾道口子。

他不該那麼貪心的！

福星倒抽了口氣，閉上了眼。

就在他即將與地面接觸時，一股強勁的力道從旁攔截，溫柔地將他撈起。

福星愣愣地睜眼，發現自己被理昂擁在懷中。

「你還沒酒醒嗎？」

「醒了。」

「那為什麼——」

「我想不出其他方法讓你免於受傷。」理昂看向時鐘，兩根指針重疊，指向十二。「測驗結束了。很可惜，你沒殺了我。」

不過，至少他們兩人都有分數，不用擔心被當。

福星皺眉，懊惱地咒罵了聲，「可惡。」

說話的同時，福星搭在理昂肩上的手，卻襲上了理昂的額頭，輕點了一下。

理昂還沒意識到發生了什麼事，福星便從他懷中跳開，衝入自己的床區，張起了折扣後價值一百歐元的防禦結界。

「發什麼愣呀，理昂，宿醉了嗎？」福星站在床區，幸災樂禍地笑著。

理昂低下頭，發現自己手中的印記轉為深黑。

「為什麼……」

「我趁你昏迷時調整了時鐘的時間。你只昏迷了十五分鐘。」福星得意地說著，「測驗還有三個多小時才結束，你被先入為主的觀念蒙蔽，實在是太大意了。」

理昂看著躲在結界裡耀武揚威的福星，忍不住失笑出聲。

幼稚的屁孩……

「被殺的感覺如何，理昂？」

「我輸了，心服口服。」理昂誠懇地說道，「你真的變強了，福星。」

那一瞬間，壓在福星心頭上的陰霾徹底地一掃而空。福星突然覺得，自己似乎什麼事都能辦得到了。

「你還有三小時的時間復活。」福星燦笑著提醒，「珠月是刺客，但已經被我殺了。小花也是刺客，但不曉得現在是否還活著。需要其他情報嗎？」

「不必。」理昂轉身，繞了混亂的客廳一圈，從滿地殘骸中揀起幾把短刀和一柄長劍。

「你打算怎麼做？」福星好奇。

「很簡單。」理昂將武器一一穿戴上身，接著勾起殘酷的淺笑，「見一個殺一個，總是會殺到對的人。」

以情搜課的測驗而言，這個測驗有個很大的漏洞。

過分強大的密探，根本不需要蒐集任何情報。即使不知道對方的陣營也無所謂，只要殺到掌中的紋印恢復為止，一樣可以過關。

福星默默地為仍在戰場上的同學哀悼了三秒鐘，接著便大字形躺入床中。

終於可以休息了……

連日的折騰，讓他一沾到棉被便進入了夢鄉，將外頭的哀鴻遍野拋到腦後。

福星一直睡到第二天中午才醒來。

他從小花的口中得知，有超過三分之二的死者沒有復活。原因是在測驗的最後三小時，某人異軍突起，不分敵我、見人就殺，導致死傷慘重。

福星在心中暗暗咋舌。嚴格來說，他也是促成這慘況的主因之一。

不過因禍得福的是，由於測驗的通過率太低，所以康妮絲調整了評分規則，讓這次實戰的分數只做為加分用，不列入計算。

「重點是戰鬥過程，無論結果如何，永遠不要忘了那奮不顧身、使盡全力衝刺的感覺。」康妮絲站在臺上諄諄教誨。

底下的學生確定自己不會被當，一片歡呼。

只有一個人不爽。

「怎麼可以這麼隨意地修改評分規則！簡直耍人嘛！」丹絹不滿地抱怨。

「你之前不是嫌評分標準不公？現在改回來了應該正合你意吧？」翡翠反問。

「重點不是分數，是原則問題！我無法忍受這種朝令夕改的政策！」

「你真的很囉嗦耶，丹絹……」福星一邊玩著賽車電玩，一邊搖頭，「成熟點好嗎？」

「別那麼幼稚。」翡翠一邊滑著手機，一邊吐槽。

「對啊，丹絹，成熟點。」洛柯羅吃著被自己搓成球狀的麵包，跟著幫腔。

「你們沒有資格說我！」

下課後，福星和理昂一同步回寢室。

福星看向自己的掌心。此時烙印已消失，恢復原本的樣貌。

「真可惜。」他忍不住感嘆。

「可惜什麼？」

「這麼壯烈的測驗，竟然就這樣結束了，感覺有點空虛。」他回味著那五天的戰鬥，「如果有照片或獎章就好了。」

理昂已習慣福星天馬行空的抱怨，便淡淡地應了聲。

以往會覺得聒噪，但一想到再過不到一個月的時間，他就聽不見這些噪音，便不由得感到些許惆悵。

兩人走回房間。當理昂踏入自己的床區時，便察覺到有外人進過自己的領域。

理昂皺眉，警戒地掃視了房間一圈，發現書桌上放著一個紙袋。

他抽出短劍走上前，以劍尖挑起紙袋，將袋裡的東西倒出。

一張張照片翩然掉落桌面。

理昂看著照片，臉色轉為鐵青。

他走出房間，輕喚了聲癱在沙發上擺爛的室友。

「福星。」

「怎麼了？」

「這幾張照片是怎麼回事？」

福星轉頭，看著理昂手中的照片，嚇得跌落沙發。

照片是連續畫面，裡頭的主角是他和理昂，場景是自家寢室的更衣區。

畫面上，福星正齜牙咧嘴地扯著理昂的衣服，看起來像是強奪民女的山賊。

最後一張，福星正一臉猥褻地將手搭在理昂的褲襠，儼然就是會出現在公告欄上的通緝照片。

理昂對喝醉時發生的事只有片段的記憶，只能聽他人轉述。

看到這些照片，他開始懷疑自己或許並非完全是加害者。

「你對我做了什麼，福星？」

「理昂，事實不是你看到的那樣——」

那照片是怎麼拍到的！為什麼他看起來那麼糟糕！

放在一旁的筆電忽然自行啟動，播放出一段錄音檔。

「你得脫衣服。」是福星的聲音。

「我們的進展似乎有點快。」接著是理昂。

「你不要動……怎麼這麼大又這麼硬。」

「噢！」

「我弄痛你了嗎？抱歉抱歉，因為我樂在其中。」

福星認出，這是鮮奶油爆炸那晚他與理昂的對話。

但是被剪接後，竟變得如此不堪入耳……

「賀福星，顯然我太小看你了……」理昂冷冷地瞪了福星一眼，接著轉身步入自己的床區。

「理昂，事實不是這樣，你要相信我，你不能如此斷章取義——」

福星本打算追上，但聽到了金屬碰撞的聲音。

「慢著，你是在拿武器嗎?!冷靜點，理昂——」

女生宿舍，某寢室。

四個女生坐在沙發上，一邊喝著香檳，一邊吃著下酒菜，悠閒而愉快地而聽著福星房裡的動靜。

「還挺有意思的嘛。」

「也不想想是誰冒著風險去架設那些器具。」

「我會懷念這一切的……」

「妳不覺得，如果福星變得主動一些，將理昂扳倒的話，也挺有趣的。」

「不，一點也不有趣。」

「但是我認為——」

「我現在不想知道妳的意見喔。」

錄音機傳來了一陣聲響，打斷了一觸即發的氣氛，瞬間化干戈為玉帛。

四名少女同時露出了滿足的表情。

真是太優秀了，福星。

——番外〈雖然見到就討厭，但是再也不見又會有點思念——期末測驗．下〉完

Side story

一夜室友百夜恩，
縱然同房不同床

SHALOM ACADEMY

理昂．夏格維斯。

高雅、冷肅、嚴酷，有如黑豹一般的男子。他是闇血族之首——夏格維斯家族的繼任者。

崇高的身分，冷峻的外型，以及傑出的能力，讓他備受同族尊崇。

他向來獨來獨往，拒人於千里之外。並非刻意，只是，那肅殺嚴冷的臉，讓人望之怯然，不敢妄近。

莉雅．夏格維斯消失之前，理昂的笑容只為她綻放，他的溫柔只為她展現。莉雅消失後，他身上那點僅存的柔軟溫和，隨之消逝封藏。

沒有人敢挑戰他的權威，但是，衝著「夏格維斯」這名號，倒是有不少人企圖接近他，攀點關係。

面對理昂．夏格維斯的人，有兩種態度：弱者對強者的敬畏，以及企圖利用的貪婪。

理昂不在意，因為值得他在意的人，已經不在了。

理昂．夏格維斯將自己封在名為復仇的殼中，獨自品嘗著仇恨及孤獨。

直到進入夏洛姆，這層厚重的殼，被一個冒失的傢伙給打破。

一年級。九月。

開學第一天，在共同教室裡，有個東方精怪在眾人面前冒犯了他。

那是個瘦小又慌亂的蝙蝠精。

蝙蝠精在精怪界裡不是什麼強大的物種，而眼前的這個傢伙，看起來就像個誤闖妖怪世界的人類——就算是在人類社會，這傢伙也是人類裡的弱者。

看著那矮小的身子、驚慌失措的神情，他只覺得無聊，並沒有把這弱小至極的人放在眼裡。

獵豹不會把螞蟻和跳蚤當成獵物。

回到寢室，他發現那有如蚤蟻的小子是他的室友。雖然有點不悅，但仔細想想，這樣也好，和一個無能的弱者同寢，對方會出於畏懼而遠離他，不會干涉影響他的行動，他能因此擁有更多的寧靜與自由。

但他錯了。

那蝙蝠精，非常聒噪。

即使眼底仍帶著不安和懼怕，蝙蝠精一有機會，就跑來和他寒暄閒扯，讓他一度以為這蝙蝠精有智能障礙。

「今、今天晚上天氣真好耶……」漾著尷尬傻笑的室友站在他的床區外，問候。

理昂不予回應。

「最、最近過得好嗎？」

理昂無視。

「那個，有幾堂必修課……有時候我沒看到你……」蝙蝠精停頓了一下，「之後會有考試，如果需要筆記的話，我可以借你，啊不過可能會有一些漏寫或抄錯的。嗯，有幾頁字跡被暈染，有點糢糊，因為上次我趴在筆記上睡著，流了一些口水。噢，不過不用擔心，不會臭，而且勉強可以看得懂——」

話語被突然趨近面前的冷厲面孔給打斷。

「理、理昂？」

「滾。」

他冰冷下令，並在對方讓開之後，逕自穿過客廳，離開房間。

吵死了。他討厭聒噪的人。

弱者通常有防衛自保的直覺及潛能，會遠離一切可能造成自身傷害的事物。

那蝙蝠精顯然是弱者，卻不斷地來招惹他。這樣的舉動只有兩種可能——不是想死，就是弱到連自保的能力都沒有。

室友的存在，像是身旁飛著一隻蒼蠅，雖然令人煩躁，但對生活沒有任何影響。

因此理昂決定無視。

過沒多久，那煩人的傢伙應該會對他失去興趣吧……

時間證明，他錯了。

不知道是太過遲鈍還是怎樣，日子久了，那驚慌的神色，漸漸地從對方眼底消失，取而代之的是憨呆真誠的傻笑及問候。

清晨四點。理昂私離校園一整夜，此時才歸來。

當他以無聲的腳步踏入寢室時，只見穿著藍色卡通圖案睡衣、一頭亂髮、睡眼惺忪的室友，正打算走入廁所。

「噢噢，早安，理昂——呼哈——」

對方打了個大大的呵欠，兩眼恍惚，口齒含糊，看起來似乎處於半夢半醒之間。

理昂警戒地看著對方，因為他身上穿著帶血的衣服——人類的血，白三角的血。

他擔心對方會識破他擅自出校、獵殺仇敵的證據。

蝙蝠精恍惚的面孔遲疑了一下，接著自顧自地笑了起來，「噢，或者該說晚安，因為你是白天睡覺的……哈哈……」

理昂瞪著對方，確定對方仍在恍神狀態，便緩緩地朝自己的床區走去。

「理昂，你身上那是……血嗎？」

身後忽地傳來詢問。

理昂停下腳步，手默默地搭上腰間短刀，打算在下一句問句傳來時，火速抵上對方的脖子。然後，施加些恐懼，威嚇對方對今晚看見的事噤口不語。

「你受傷了嗎？你還好嗎？」

出乎理昂預料的是，第二個問句並非質問。蝙蝠精似乎完全沒發覺那血是人類的血。更讓他訝異的是，那聲音裡盡是擔憂。

理昂遲疑了幾秒。

「那不是我的血。」手，緩緩放下，離開刀柄。「我沒事。」

「喔喔，那就好……」安心的語調響起，接著是腳步聲，走向浴室，關門聲。

理昂回頭看了浴室一眼，停頓了片刻，走回自己的床區。

許久，浴室的門扉遲遲未再度開啟。

太久了吧……

忽地，理昂靈光一閃。

浴室裡有窗戶，那傢伙該不會利用窗戶逃出去，跑去告狀了?!

該死，他竟然被那三流的演技騙了！

理昂迅速起身，衝向浴室，一把將門甩開。

浴室的窗戶關得好好的。但是，角落的浴缸，有團黑色的影子。

走向浴缸，只見他瘦小的室友窩在窄小的浴缸裡，一臉香甜地沉浸在睡夢之中。

理昂微愕，看著浴缸裡的人，深深地皺起了眉。

愚蠢至極。不論是蝙蝠精，還是他自己。

他竟然會被這弱小的傢伙影響。太可笑。

冷瞥浴缸一眼，甩頭離開。

理昂盡量迴避和室友接觸，若是不幸遇到，他會在對方開口之前，先一步移開自己的目光，越過對方離開，或者進入自己的私人領域之中。

他的世界不需要太多聲響，不需要和無意義的人互動往來，不需要花心思去在意除了復仇以外的事，不需要去在意自己以外的人。

即使已經防避，但隔壁的蝙蝠精，總是有辦法干擾他，讓他心煩。

「琳琳，我和妳說喔，今天課堂上學了新的結界！我覺得可以拿來修廚房的漏水！還有還有，今天晚上的點心是芋圓冰！超厲害的！雖然味道沒有臺灣的道地，但是——」

閒聊的聲響從隔壁床區傳來。開放的空間隔音不是非常嚴密。歡樂開心的談話聲，陣陣傳到裡側床區，清清楚楚。

此刻是週四下午兩點，闇血族睡眠時刻。理昂向來淺眠，一般情況下，他的意識可以屏除外在的雜音，但偶爾，意識也會對外在的雜音產生好奇，將他拉離睡眠之海。

比方說此時。

「嗯，今天下午調課，所以沒事。」

「嗯嗯，我很好，老爸還在趕稿嗎?喔!交稿了喔?!」

「老爸，我想你!」

室友三不五時地會和家人用視訊談話，白晝、夜晚，任何時刻，只要有空就會連線，東拉西扯地講個不停。

雖然只聽得見單方的話語，但是從語調和談話的內容可以推測，彼端的人也一樣熱情開心地進行著對談。

理昂覺得這是件很奇特的事。

特殊生命體重視家族的連結，但通常是以互敬互重的方式表現，並不會這麼直接地往來，這麼親暱地互動。

就算是人類，也很少會有青少年和家人這麼親密的。

「老爸，恭喜你交稿啊！噁，你幾天沒洗澡了，頭髮好油！」

「噢，對了，我今天又搞砸了耶！被歌羅德罵了。實作課程的時候，不知道哪裡出了錯，咒語失敗，弄壞了桌子，哈哈，真糟糕耶。」

「噢噢！放心，學校沒有叫我賠償——」

理昂不懂。為什麼能和家人聊這麼多話，他更不懂，這傢伙明明每天都過得這麼窩囊，竟然還能開心地和家人分享在學校裡的事，坦然地述說自己的失敗。難道不覺得丟臉嗎？

夏格維斯家只允許成功。若是無法達到標準，無法被認定為優秀，那麼下場會很糟。

「可是這次有進步喔！我以前連符咒都無法啟動，現在已經進步到有辦法失誤了呢！」隔牆，傳來得意的笑聲。

這麼坦率地承認自己的失誤，這麼樂觀地述說自己微小的成就。

理昂發現，他竟然有點羨慕隔壁床區那聒噪的小子。

「室友？室友在睡覺了。」

聽見對方討論的主題似乎是自己，理昂忍不住豎起耳朵，雖然他自己都覺得這樣的舉動很可笑，但仍不免好奇。

「是闇血族喔！超強的，連別班的人和學長都尊敬他呢！」

「嗯嗯，很帥啊！長得超帥的！」

聽見室友對自己的評價，那激動興奮的語氣，好像與有榮焉似的，理昂有種哭笑不得的感覺。

「喔喔，說的也是，那我小聲一點。」蝙蝠精壓低了聲音，但對闇血族而言，仍聽得很清楚。

「他不太講話，很安靜，都在做自己的事。」

「嗯，好像有點凶喔。因為大家對他有點畏懼，在他面前都恭恭敬敬、戰戰兢兢的。」

理昂不屑輕笑。

他猜想，接下來，隔壁的小子應該會開始對家人訴苦，訴說自己和一個冷漠無情的人同寢，訴說自己無數次熱臉貼冷屁股的經驗，然後開始抱怨室友的無禮無情。

但是，他錯了。

「嗯，雖然很冷淡，可是，是個好人。」

理昂挑眉，懷疑自己聽錯。

「和我這種遜角色同寢，他都沒抱怨，也沒要求換寢室，應該只是比較慢熟而已啦，哈哈。」

「喔好，以後熟一點的話我會問問看，如果他願意來臺灣的話。」

「好，下次帶一盒陸伯伯種的桃子給他。呃，水果應該過不了海關？」

理昂眉頭皺起。

他絕對不會和這傢伙變熟。

他進入夏洛姆的目的，是為了增進復仇的能力，並非為了交際。況且，他不可能和這個又蠢又聒噪的低等精怪成為朋友。

他一個人就夠了。

理昂這麼想著。

他沒發現，封閉的殼，出現了細如髮絲的裂紋。

二年級。九月。

時間是週五夜間八點。晚餐過後，自由的休閒時光。

理昂坐在窗邊，閱讀著從圖書館借來的書。窗戶半開，涼爽的夜風吹入，怡人心脾。

身旁不到三步的距離，單人沙發椅上，一個人影蜷曲在椅子中央，手裡捧著掌上遊戲機，聚精會神地操控著。他頭下腳上，雙腿掛在椅背上晃呀晃的。

沙發中的，是理昂的室友，賀福星。

「噢，可惡。」

似乎是遊戲關卡失敗，賀福星低咒了一聲，把遊戲機隨手擱到一旁的矮几上。嘴巴半開，一臉痴呆地把注意力轉向坐在一旁的室友。

理昂知道賀福星在看他，但他不打算主動理會。並不是無視，而是他知道，過不了多久，賀福星會自己開口。

「理昂，你在看什麼書啊？」賀福星的視線由下往上，吃力地看著理昂手上的書。「……英文書？」他看不懂。

「是拉丁文。」理昂淡然回應，「奧維德的《變形記》。」

「喔喔！我知道！是不是有人變蒼蠅的那個故事！」福星搶著發言，想展現自己的學識。

「那是〈變蠅人〉，八〇年代的美國科幻電影。」

「噢……」

理昂看了福星一眼，看見對方眼底的期待，彷彿等待著他繼續說下去，便無奈地輕嘆了聲，將書放在腿上。

「奥維德是羅馬人，《變形記》是他在公元八年完成的作品。以詩歌的形式，敘述古希臘羅馬神話。」理昂緩緩地說明，「裡面記錄了人會變成動物、植物、星辰的故事，還闡釋引用了畢達哥拉斯的靈魂回轉理論。據說，這是歷史上最早記錄特殊生命體生態的書籍，也是最早公開特殊生命體存在的專書。但是人類把它看成是神話，當成是詩人作家壯麗綺想的詩篇。」

福星認真地聽著，「所以，這本書和人類變蟲沒有關係？」

「你大概把它和卡夫卡的《變形記》搞混了。」

「喔，大概吧。」福星似乎不是很在意，「你總是看這麼深奧的書，好厲害喔。你都不想看些其他書嗎？我覺得漫畫也很有趣呢！有很多精彩的故事，而且畫面很細膩漂亮，一次擁有兩種享受。」

「哼……」理昂不以為然。

「嘿嘿。」賀福星不以為意地笑了笑。

他翻過身，像隻蜥蜴般爬下沙發，站立，然後因為倒掛太久而一陣暈眩，又跌坐回沙發之中。

「噁……好想吐……」福星撫了撫胃，「我還以為可以像蝙蝠一樣倒掛一整天呢。」

理昂淡然地瞥了賀福星一眼。

賀福星不像蝙蝠，不像精怪，不像特殊生命體。可以說是不倫不類。

但是，這麼一個不倫不類的傢伙，卻以不倫不類的方式，照著自己的意願和信念，理直氣壯地活著。

甚至影響著周遭的人。

「你這學期選了劍術課對不對？」賀福星看著理昂，表情期待地詢問。

「我會退選。」

第一堂課聽完授課大綱之後，他覺得內容對他而言太過初階，沒有助益，便決定在第二階段加退課時退掉這門課。

「為什麼呀？」賀福星發出失望的聲音，「我本來想加選那一堂課的說！」

「你？」理昂挑眉。看著那笨拙遲鈍的身影，怎麼想都和刀劍不搭。

「對啊，因為你也有選，這樣我就可以和你同組，請你教我了！」

「刀刃無情，任何一點輕忽都會傷了自己。」

「所以才想和你同組嘛。」賀福星理所當然地說著，然後試探地開口，「真的要退選喔？」

理昂不語，沒多做回應。

「沒關係，反正以後有不懂的，就回寢室找你討教。」賀福星像是想到什麼有趣的笑點一般，忽然自顧自地竊笑了起來。

「笑什麼？」

「我突然想到洛柯羅第一次來房間時，玩你的拆信刀，差點戳到你的腦袋。」

那是一年前的事了。

理昂皺了皺眉，那算是他踏入這間寢室後所發生的第一齣鬧劇。

「理昂真的很厲害，非常厲害！」賀福星自傲地說著，彷彿是在稱讚自己一樣，「和這麼厲害的人當室友，我超幸運的。」

理昂挑眉。

幸運？

正坐沒多久，賀福星又開始不安分，腳曲起放在椅中，整個人半跪在沙發上，雙手搭在扶手處，像隻好奇的小動物一樣，打量著室友。

「理昂的聲音很有磁性，很好聽。」

「哼……」

他不以為然地冷哼。但這句話，勾起了他久遠以前的回憶。

「理昂的聲音很好聽。」

數十年前的寒冬，年幼的莉雅趴在火爐旁，像貓兒一樣窩在羊毛毯上望著他。

「聽理昂唸書，是一種享受。」

「理昂，你不多說一點話嗎？」賀福星再度發問。

理昂不理會，翻開書，漫不經心地重返書中的世界。

賀福星繼續說著，「理昂如果去當聲優的話，一定會有很多粉絲。到時候我要當理昂的經紀人，幫你辦官方粉絲團。」

理昂無視。

「理昂。」賀福星認真地盯著室友。

理昂抬眼，看向賀福星。

賀福星咧開笑容，「說兩句話給我聽聽嘛……」

理昂眉頭深深皺起。

厚重的殼壁，斑駁脫落，殼面上出現大大小小的孔縫——但仍舊撐在那兒，堅硬地立著。

三年級。九月。

「理昂，作業要寫哪一章？」福星坐在自己床區裡的書桌前，對著窗邊的理昂揚聲詢問。

桌面上凌亂地堆積著書本和紙張，他倉促焦躁地翻動著書本，看起來有些狼狽。

「三之五。」理昂頭也不抬，盯著書，淡然回應。

「三之五？」福星翻開厚重的課本，發現那個章節頁面一片空白，沒半個注解和記錄，「借我筆記好不好？我上次睡著了，沒抄到。」

「你有哪堂課是醒著的？」

「啊呀，還是有醒著的時候啦……」

福星不好意思地乾笑，打算起身到客廳，直接向理昂哀求，但是手才放下課本，桌面上那疊亂七八糟的書本與雜物，瞬間失去平衡，像山崩一樣，朝著福星滑衝而來。

「鏗！」金屬摔落地面的聲音。

「啊！可惡！」

理昂依舊盯著書，但耳朵豎起。他知道，下一秒，福星會自己說出發生什麼事。

「我桌上的東西倒了！」福星狼狽地走出床區，手上拿著保溫壺，身上一大塊褐色的汙痕。「熱可可灑到身上。」

理昂淡然地看著室友，對於這樣的突發意外已感到習慣。

「幸好已經冷了，」福星傻笑著拉了拉衣服。「不會燙。」

「我想也是。」如果是燙的，那剛剛的叫聲會更淒厲個十倍。

「我去沖個澡，洗完之後可以借我筆記嗎，理昂？」福星望著理昂，眼裡閃著無辜又期待的光芒。

「謝謝！」福星興高采烈地放下保溫壺，跑進浴室。

看著一身狼狽的福星，理昂短嘆了聲，「嗯。」

理昂拿起書本。

看來，終於可以享受短暫的寧靜——

「啊啊啊唷！要死了要死了！」淒厲的叫聲從浴室傳來。

「怎麼了？」理昂起身，擔憂地對著浴室詢問。

「我忘了水龍頭扭開之後要等一下才會出熱水！水好冰！好冷！」福星帶著抖音的聲音從浴室傳來。

理昂皺眉，覺得擔心到站起身的自己像個傻子。

「沒事不要大呼小叫的。」理昂對著浴室斥喝。

「可是，真的很冷啊。」無辜的辯解從浴室門後傳出，「冷到我的蛋蛋都要縮進肚子裡了——」

「不要胡說些低級的話語！」

理昂坐回椅中之後，拿起書，細細地品味著。但這樣的光景，二十分鐘之後就被打斷。

浴室的門打開，然後一道鬼鬼祟祟的人影從裡頭悄悄跑出。

又在搞什麼鬼……

理昂本來不算理會，但是，眼角的餘光瞄到，那人影似乎是肉色的。他困惑地抬起頭，只見福星光著身體，躡手躡腳地打算穿越客廳，潛入床區。

「你搞什麼？」理昂不悅地質問，「即使是寢室，也不該如此為所欲為。」

「啊，對不起。」福星露出尷尬的笑容，側站著解釋，「剛才衣服掉到地上，都溼掉了，所以沒辦法在浴室裡換好再出來……」他搓了搓手臂，「好冷喔……」這是苦肉計。

理昂皺眉，撇開頭，「快去房裡穿上衣服。」

福星像發現什麼玩具似的，賊笑著盯著室友，「理昂你在害羞喔？」

「少丟人現眼了。」

福星嘿嘿笑著，像是調戲良家婦女的黑心縣太爺一樣，「哼哼哼！是被我的神鵰震撼到了嗎？哈哈，我是亞洲鵰神！呼嘎呼嘎──」

理昂以比冰水還冷上千倍的目光射向福星。

福星乖乖閉嘴，跑回自己的床區。

兩分鐘後，怯生生的哀吟從福星的床區傳來。

「理昂……」

理昂翻白眼，「怎麼？」

「我忘了去領送洗的衣服。剛剛弄溼的，是最後一套乾淨的衣服了……」福星越說越小聲，「而且，洗衣中心好像已經關門了……」

理昂冷冷地瞪了福星一眼，只見福星揪著一張苦臉，悲慘地望著他，乞求幫助。

長嘆了一聲，理昂闔上書，走向自己的床區，拿出折疊整齊的毛巾和衣服。

「謝謝！」福星站在牆邊，開心地接下衣物，回到床區深處。

理昂退到一旁，沒回到位置上，而是背靠著牆，站在那裡。

他想，在確認福星沒有任何問題、任何麻煩之後，他再回他的位置享受閱讀之樂，省得一直被打斷。

「這衣服有理昂的味道。」牆的另一頭，傳出驚喜的嘆聲。

理昂皺眉。

「呼呼呼，正港的男人味！」

「別再說傻話了。」

「理昂，謝謝你。」

「嗯。」

「你好溫柔喔。我就知道理昂是個大好人。」

「嗯。」

「能和理昂分到同一間寢室，真的太幸運了！」

理昂以幾乎聽聞不見的語調低喃，「幸運的，不是你……」

他覺得，自己才是那個幸運的人。

另一頭的福星沒有聽見，兀自傻乎乎樂呵呵地換著衣服。

有如鋼壁的殼，裂出更大的洞，有如歷經數千年風霜的殘垣古跡。

畢業後。第一年九月。

理昂返回位在斯圖嘉的夏格維斯莊園，回到了自己熟悉的房間。

寬敞的房間，放滿了他收藏的書籍、兵器，還有古董傢具及舒適的大床，比夏洛姆奢華許多。

這是他生活了數十年的房間，他熟悉的地方。但此時看著這空間，他卻覺得有種失落、陌生的感覺。

惆悵像是鬼魅一般，潛伏攀附在身旁。

「理昂。」輕柔的女音叫喚著他，將他從失神中喚回。

理昂回頭，再度忽略腿上的書，望向不知道何時站在自己身邊的莉雅。

「怎麼了嗎？」理昂微笑著詢問。「要我唸書給妳聽嗎？」

看著失而復得的妹妹，心中那失落的感覺，得到慰藉與填補。

「好。」莉雅在鋪著羊毛毯的地面坐下，背靠著理昂所坐的沙發。

理昂翻開書，抑揚頓挫地悠悠朗誦著。

偌大的挑高書房，只有那具有磁性的嗓音，伴著拂入屋中的夜風迴盪著。

「理昂，變得溫柔，比以前更加……」莉雅斷續地說著。在荒島生活了二十多年，遠離文明了二十多年，一時間還不習慣說話。

「我對妳一直都是這樣。」

「不，不是。以前的理昂，像是戴著面具，對我溫柔，對別人，變得很冷漠，很凶。」莉雅思索了片刻，「有點，讓人緊張。」

「是嗎……」

「但是現在，」莉雅抬頭望向兄長，「理昂，變得讓人，很安心。」

理昂笑了笑，沒多作回應。

「理昂。」

「嗯？」

「理昂變了好多，因為進了夏洛姆，認識了那些伙伴。」莉雅羡慕地說著，「我也想要，伙伴。等我休養完，我也想要進夏洛姆。可以嗎？」

「留在家裡，不好嗎？」聽見妹妹想要離家，理昂有點失落。

莉雅咧起微笑，「我想要變得和理昂一樣，既強大，又溫柔。」

理昂伸手，摸了摸莉雅柔軟的頭髮，「我沒有那麼偉大……」

「理昂。」

「嗯？」

「你，心情不好？」莉雅偏頭，「寂寞？」

「怎麼會？有妳在身邊，我怎麼可能寂寞。」

「想念，伙伴？」

理昂停頓了片刻，「或許。」

他不承認，也不否認。只是，視線下意識地望向不遠處的書桌。

華麗的黑檀木桌，黃銅仿古桌燈優雅地立在桌面。一個以黑色金屬折成的「Leon」字樣鑰匙圈，靜靜地掛在桌燈上，與鵝黃色的燈光閃耀輝映著。

那些美好的時光，都已過去，被他好好地保存在記憶裡。

閉上眼，過往的美好時光，總是不時地在眼前、在腦中重演。

「沙沙——」

細小的摩娑聲從暗處響起。

躺在深色絲綢大床上的理昂，閉上的雙眼顫了顫。

敏銳的警覺性，讓他察覺到周遭有些細微的噪音，微小的騷動。

幾點了？他悄悄地深吸了口氣，空氣裡有著淡淡的咖啡香，還有濃郁的食物香味，告知著他，此時已近黃昏，他那盡職的大廚，已在準備夜晚的餐點。

是羅倫佐嗎？不，羅倫佐不會如此無禮……那麼，是莉雅？但莉雅向來直來直往，不會偷偷摸摸地進他房間。

難道是敵人？最終之役後，雖然白三角與特殊生命體界簽訂合約，互不侵犯，但難保有人仍想復仇。

「砰！」

似乎是不習慣黑暗，未知的潛入者撞上了矮櫃，發出一聲悶哼。

理昂困惑。

若是來復仇的，這殺手未免太過蹩腳……

騷動聲緩緩靠近，來到了床邊。

理昂警戒著，掌心微微弓起，隨時備戰。

「呼呼……呼呼呼……」渾濁沉重的呼吸聲在身旁響起。

理昂微微睜開眼。

「嘿嘿——」

在微弱的月光下，映照出一張慘白的憨笑臉龐，近在咫尺。

理昂瞪大了眼，瞬間清醒。同時腦中的防備反應，下意識地啟動，伸手就是一拳，打向那驚人的詭異大臉。

「啊喔！」熟悉的慘叫聲隨之暴響。

「幹什麼？」

「怎麼了？」

詢問關切的聲音從房間裡的其他角落響起。看來，不速之客不只一個。

「理昂打我啦！」吃痛的嗚咽聲悶悶地抱怨。

理昂躍起身，按下床旁的大燈開關。剎那間室內燈火通明，照出了入侵者的樣貌。

「福星？」理昂詫異地看著跪在床邊、雙手摀著額頭、臉揪得和包子一樣的伙伴。「你怎麼會在這裡？」

他還在做夢嗎？多麼荒謬的夢，但荒謬得太過現實。因為，只要是福星所在之處，發生混亂和異常，才是正常的狀況。

福星撫著被打痛的臉頰，撐起笑容，口齒不清地說道：「我們來找你呀……嘿嘿……」

「啊哈！我就知道！這個櫥櫃裡都是莉雅的照片！」站在房間一隅的布拉德，盯著玻璃櫥櫃裡那裱在精緻相框中的一幀幀相片。

「妹控，資深妹控。」翡翠嘖嘖稱奇。

「奇怪了，」紅葉蹲在另一個櫃子前，翻著深櫃裡的雜物，好奇而不解地開口，「正常的年輕男人房間裡，應該都會收藏些經典的肉味光碟才對，怎麼會沒有？妙春，妳去那邊找一找！」

「書櫃頂層的書側積了灰，你們家的女僕不夠仔細——」丹絹伸手，食指劃過排列整齊的書本上緣，像惡婆婆一樣，審視著指尖的灰塵。

以薩則是站在書桌前，不知道在看著什麼微笑。

另外兩個不速之客，珠月和小花，雖然看起來一臉從容，安分地站在一旁，但理昂發誓，他剛才絕對看到那兩人的手上拿著相機。

「你們搞什麼？」理昂沉聲質問。

房中的眾人瞬間停止了動作。

「來找你的啦。」布拉德掏了掏耳朵。

「你妹說，你好像心情不好的樣子。」翡翠奸笑，「早就叫你和我合作去擺攤，就不會那麼寂寞了。」

理昂微愕。

是莉雅安排的？

「理昂，我特地跑來看你，結果你竟然打我！」福星嗚嗚哀泣，裝可憐。

「你該慶幸我沒劈向你的咽喉。」理昂起身，披上外套，對著屋裡的人冷冷開口，「就算是客人，也不能任意妄為。」

「少囉嗦！我們難得來一趟，還不好好招待！」

「我沒看過這麼囂張的客人！」理昂冷語，但嘴角是上揚著的。

「上次來這裡氣氛差得要死，吃個飯像在守靈一樣。還有個陰陽怪氣的老頭在附近神出鬼沒，簡直反胃。」翡翠不予苟同地搖了搖頭。

不知道何時到來、正站在門邊的羅倫佐輕咳了聲，提醒大家，那「陰陽怪氣的老頭」就在現場。

「晚餐準備好了，諸位。」

「你們先去吧。」理昂對著眾人淡然地開口，「我換好衣服，隨後就到。」

眾人互看了一眼，有默契地一同退出房間。

「理昂是不是生氣了？」福星擔憂地開口，「因為我們突然跑來，還這樣鬧他……」

「不會的。」以薩淺笑，「他心裡一定高興得要死。」

「你怎麼知道？」

以薩笑而不答。

剛才，在那黑檀木的書桌上，他看到了黑色金屬線折成的鑰匙圈。他知道，福星和其他人也有相同的東西，那是他們在二年級的暑假，在臺灣買的紀念品。

然後，桌面上擺著一本書，似乎正看到一半。

書的側邊，露出了一截彩色的紙片，看起來是照片，被當成書籤夾在書裡。

他翻開了書，翻到夾著書籤的那一頁。

畢業前，在共同教室裡，他們幾個出生入死的伙伴，加上寒川、歌羅德，一起坐在壁爐前，一同拍下的照片。

最安適、最快樂無憂的時光，凍結在那畫面上。書的主人，不時地回味著那段光陰，那段記憶。

「他總是那張臭臉，不用想太多啦。」

「喔……」福星點點頭，「說的也是。」

如果理昂可以更坦率一點就好了。

另一旁，小花和翡翠這對奸商伙伴，竊竊私語地策劃著。

「想要看笑話嗎？」

翡翠揚起笑容，「當然。」

小花悄悄從背包裡掏出一罐啤酒，正港的臺灣味，遞給翡翠。

「交給你了。」說完，拿出高性能的攝影機，蓄勢待發。

風精靈的眸中閃過有如狡狐一般的黠光。

「記得拷貝一份給我。」

今晚，夏格維斯家非常熱鬧，吵到連亡者都會被驚醒。

未曾有過的笑鬧聲，在夜中迴響著。

厚重的殼，已化為粉塵，消失在無形之間。

——番外〈一夜室友百夜恩，縱然同房不同床〉完

Side story

做不成大人物，
至少當個吉祥物

寒川，夏洛姆資深教授，鞍馬山天狗，年齡八百歲。擁有著深厚異能，駕馭式神的能力無人能出其右。

這樣一個狠角色，正坐在特別訂製的乳白色浴缸，裡頭注滿了溫熱的水，水中散發著濃濃的蜜桃香，水面上漂浮著堆積成山的泡沫，以及黃色塑膠小鴨。

「啊啊，工作完之後就是要這樣放鬆一下。」

泡在浴缸裡的寒川，頭上戴著粉藍色的米飛兔浴帽，雙手張開，搭在浴缸邊緣，輕鬆舒爽地讚嘆。

撤下嚴肅中年男子外貌的幻化咒語，此時的他，看起來就是個十二、三歲的男孩。

寒川仰頭，盯著蒸騰的霧氣，手指隨性地撥著水花，輕敲著塑膠鴨的頭。片刻，他緩緩舉起手，移到自己面前，盯著那小小的、白嫩的手掌。

低嘆了聲。

三百年前，封印公理之獸時，被下的詛咒。

兩個月前的最終之役，公理之獸掙開封印，掀起了一番激戰。糾結纏擾了數千年的恩怨，也在戰爭中得以釋放及淨化，各方人馬持續已久的對立與衝突，就此化解。

公理之獸也再度沉眠，安詳潛沉於洛柯羅的體內。

照理說，公理之獸力量耗盡，靈肉分離的那一刻，過往的詛咒應該同時被解除。

但是，他的身體並未回復原狀。

「這是慣性。」面對他的困惑，桑珌如此回答，「這個咒語跟著你三百多年，雖然撤除，但是你的身體和靈魂已經習慣了那道束縛。就像是被纏裹數年的小腳，就算放足，也不會立即回復。」

「所以，我只要繼續等待，總有一天會復原？」

「理論上是這樣。」桑珌盯著寒川，「但是，會維持這個樣貌，未必全然是咒語所造成……」

寒川挑眉，「什麼意思？」

「特殊生命體和人類不一樣，外表並不會直接隨著年歲增加而衰老。內在的意識、思想、自我期望，以及心智年齡，都會影響外在年齡的展現。」

想到這裡，寒川惱怒地用力揪住塑膠鴨，發出了「噗嘰——」的聲響。

可惡的桑珌，是在暗示他的心智年齡太低，所以外表看起來像小孩嗎？

他哪裡像小孩了！

寒川把鴨子丟回水面，看著小鴨隨水波載浮載沉。

眉頭緊緊皺起。

「叮咚。」門鈴聲響起。

寒川看了看牆上的防水鐘，夜間十一點。

他不打算去應門，不想要自己下班後的休閒時光被打斷。

彈指，喚出擁有黑色雙翼的羽兔式神。

「把外面的人趕走，順便登記下是哪個不識相的傢伙！明天派他去協助修復校舍！」

羽兔式神跳下地，朝外頭飛竄。

寒川悠哉地躺回浴缸，雙腳交疊，靜候式神歸來。

但是，黑色羽兔遲遲未歸。鈴聲依舊響個不停，並且，這次還加上了拍擊門板的聲音。

寒川低咒了聲。

該死的，能夠扣留住式神、又這麼無禮的傢伙，他只認識一個——

他憤然起身，隨手揪起浴袍披在身上，衝去前門。

「敲夠了沒！」寒川甩開門，同時怒吼。

有著雪白頭髮和殷紅雙眼的子夜，正站在門前，敲門的手還停在空中，另一隻手則是環抱著式神，黑羽兔在手臂後方不斷掙扎。

「晚安，寒川。」

寒川一把將式神搶下，彈指收起。

「你來幹嘛？」

子夜偏頭，目光自上而下地打量著對方。

「看什麼！」

「你在洗澡嗎？」

「干你屁事！」

「很香。」子夜嗅了嗅，「杏桃的味道。」

「你到底來做什麼?!」

「我好無聊。」

「干我屁事！」

「陪我玩。」

「滾！」

「那，我陪你玩。」

「不需要！」

子夜沉默了幾秒，彷彿自言自語般悠悠開口，「沒關係。但是，我回去之後，可能會因此失眠。失眠的話，力量就會不受控制。」

「所以？」

「明天，我可能會不小心在課堂上解開你的幻影咒語……」

寒川咬牙切齒，怒瞪著子夜。子夜依舊一臉淡然。

「……十二點之前給我走人！」寒川撇頭，忿忿然地步回屋中。

「別生氣。」子夜跟著進屋，「等一下你要睡的時候，我可以幫你唱安眠曲。」

「不必！」

次日。又是平靜的一日。

寒川準時起床，穿梭在校園裡。上課，訓斥學生；監督重建工程，訓斥做工的布朗尼。

和平時一樣，沒什麼特別的一日。

但是，寒川發現，當他走在校園裡時，有些學生用一種奇怪的目光看著他，當他通過之後，在他背後竊竊私語。

寒川不以為意。他習慣了學生說他壞話。在他眼中，那些怠惰者對他的怨言，是象徵他教學認真的動章。

但是，這個現象一直持續著，並且擴散。越來越多的學生在看見寒川時，露出異樣的眼光。

寒川這時才發現，那目光不是怨恨，而是好奇和驚訝。

搞什麼鬼……

雖然覺得怪異，但他沒多放在心上。他向來不在意學生的想法，尤其是這種雞毛蒜皮的小事。

隨他們去吧。

寒川教授的共同必修課，高階異能力理論與實作課程，在上課鐘響前，已經到達的學生們議論紛紛。

「聽說了嗎？寒川教授好像有孩子。」

「他不是還沒結婚？所以是私生子囉？」

「鞍馬山的天狗做出這種事？」

「而且養在學校裡面呢！」

「聽說，他還命令學生幫他照顧小孩。」

「啥啊！太差勁了吧！」

眾人一言一語地交換著情報。

坐在後方的福星等人聽見這些談話，全都露出尷尬的神情。

「那是怎麼回事？」福星一頭霧水，「他們在說什麼啊？寒川有小孩？」

「這謠言最近傳得很大。」小花說出自己的情報，「所有的學生都在盛傳，寒川在他的宿舍裡偷養自己的私生子。最初的消息，是從一年級的某個火妖精那裡傳來的，據說是上週五晚上，他到教職員宿舍區補交作業，回程時經過寒川的宿舍看到的。」

「怎麼可能。」翡翠輕笑。

「寒川這副德行，會有人想和他交配嗎？」紅葉媚笑著。

「他自己就是小孩，哪來的小孩。」布拉德覺得這消息非常可笑。

「而且誰會幫他顧小孩啊！」

「說的沒錯。」子夜悠悠低語，「這都是謠言。因為上週五晚上，我才到寒川的宿舍找他。那時候他正在洗澡，披了件浴袍就跑出來，沒有其他人在，房間裡也沒有任何小孩……」

眾人盯著子夜。

「怎麼了？」子夜完全沒意識到自己說了什麼。

「罪魁禍首就是你啊！」

行政大樓。

已升為校務主任的寒川，擁有獨立的大辦公室。辦公室的擺設和裝潢走深色調，線條簡單的置物櫃上，擺滿了厚重的書籍、各類咒具及冷兵器。看起來儼然是個冷硬派魔法師的工作室。

但福星一行人都知道，這根本是裝出來給外人看的。

「荒謬至極。」聽完福星等人的報告後，寒川發出了一陣既長、又極度不屑的嗤笑。

「謠言傳得很凶，越來越多人在討論這件事了。」福星擔心。

「一群無知的傢伙。」寒川冷哼，「有時間追究那些空穴來風的三流訊息，還不如多增進自己的知識。」

「沒錯沒錯。」丹絹點頭，萬分讚許。

「可是，一直讓人誤會下去也不好吧。你要不要出面澄清一下呢？」

「啊？」寒川發出了無法苟同的質疑聲，「我為什麼要隨著別人的愚昧起舞？」

「寒川……」

「我根本不在乎。為了這點蠢事大張旗鼓地聲明澄清，會把我的格調拉到和那些蠢貨同一等級。」

「如果你不好意思開口的話，我們幫你解釋好了。」紅葉海派地開口。

「不需要！」寒川厲聲回絕，「這是我的事，你們不用插手。」

福星等人互看了一眼，放棄。好言相勸了幾句後，默默離開。

只剩子夜還留著。

寒川坐在辦公桌後方，審閱著重建工程的進度報告。子夜則逕自坐在辦公桌的另一頭，雙手撐著頭，直直地盯著寒川看。

起初寒川不予理會，但過了幾分鐘，終於受不了對方的視線。

「沒事的話請滾。」

「寒川。」

「怎樣？」

「你真笨。」

「這話輪不到你來說！」

「為什麼這麼固執？你不是天狗嗎，為什麼脾氣和驢子一樣。」

寒川瞪了子夜一眼，「這不是固執，這叫原則。」

「所以，每天偽裝自己，讓自己活得這麼辛苦、這麼累，是你的生活原則？」子夜把身子向前靠近了些，低聲詢問，「你是M嗎，寒川？」

寒川直接忽視子夜那莫名其妙的問句，只回答第一個問題，「為了方便，這些偽裝是必要的。」

「方便？」

「你們這些幼稚膚淺的小鬼，總是會被外表影響你們自己的想法。嚴厲的外貌才能讓大家有所警戒，而不鬆散輕慢。」

「這麼說來，」子夜有點同情地望著寒川，「因為他人的看法而勉強自己改變外形，這不也是被外貌所侷限嗎？」

寒川微愕，以一種彷彿被戳中要害、既羞且怒的神情看著子夜，然後不再說話，專心地看著公文。

「坦率一點，會比較自在。」

寒川不語。

子夜坐在辦公桌前，晃蕩發呆了一陣後，逕自離去。

寒川解開抽屜的鎖，拿出放在裡頭的塑膠小鴨，洩恨般地揉捏著。

說得簡單。

子夜也是，桑珌也是，根本不懂。

他從小就在族人的期望下成長，而他傑出的表現，也符合了族人對他的期望。

他在很小的時候，就表現出超齡的成就，當一般孩子還在玩耍、還賴在父母身邊時，他已學會操控式神，比成人更加熟練。當一般孩子正要入學時，他已經和其他成人一同修行，成為部族裡的戰士。

他沒有童年。他以為自己不需要有。

但是，事實證明，其實他也嚮往著其他平庸孩子的生活，他也想要擁有那些可愛有趣的玩具，想要偶爾放任自己胡鬧，想要被人溫柔地照料著。

他的內心深處住了個長不大的孩子，始終停滯在幼年階段，等待著理想中的童年時光。

就如桑珌所言，心智年齡反應外在。

在三百年前，他可以靠著虛假的自我意識，強壓下內心中脆弱的一面，讓自己成長，讓自己看起來像成人一樣威武。

但這次，他必須面對自己最真實的內心。

寒川皺眉，長嘆了聲，把小鴨鴨塞回抽屜。

算了，他不想管了。

有如裂了道縫的堤防逐漸崩毀，滲漏的水越來越多，接著滔天的洪水捲襲。關於寒川私生子的謠言越傳越烈，越傳越誇張荒誕。

在最新的消息裡，寒川被說成是放浪無情的惡人。那孩子是被玩弄拋棄後的女人所生，偷偷送來夏洛姆要寒川撫養。而寒川打算丟棄他的親生骨肉。

民怨隨之興起。

寒川所經之處，學生都投以輕視、不認同的目光，但礙於寒川的身分，還沒有人公然挑釁。但這也只是遲早的事。

「那麼，這個章節上到這裡。」寒川放下講義，環視著階梯教室，上百雙眼睛以不友善的神色望著他，但他依舊不以為意，「有任何問題嗎？」

一名三年級的學生舉起了手，是留著栗色短髮的海妖，蒂法，看起來就像是個女強人。

「寒川教授，請問您有小孩嗎？」清脆的嗓音，字正腔圓地質問著。

一瞬間，教室裡泛起一陣竊竊私語的騷動，但很快就歸於寧靜，大家都等著看寒川會怎麼回應。

寒川皺眉，「這個問題和課堂無關。」

「但是大家都想知道。」

寒川冷著臉，沉默了片刻，堅決地開口，「沒有。」

「那出現在你宿舍裡的男孩是誰？」

「那不是我的孩子。」

「那他為什麼會半夜出現在你的宿舍？」另一名學生插嘴發言。

接著，質問排山倒海而來。

「聽說那個小孩長得和你很像。」

「而且似乎也是天狗，操縱著和你一樣的式神呢……」

「有就承認嘛，為什麼要隱瞞欺騙？」

眾人一言一語地說著。

寒川眉頭深鎖，額角凸起青筋。他非常生氣，並不是因為眾人對他那不禮貌的質疑，而是他的課堂被這些低俗的問題給打亂。

「吵死了！」寒川怒吼，「我絕對不會承認那男孩是我的孩子！」

學生譁然。

「竟然說出這種話！」

「始亂終棄，不負責任的男人最差勁了！」

「閉嘴！」寒川怒吼，「再發出任何一點聲音，我就當你們放棄這門學分，明年留級重修！」

但這樣的威嚇並未達到效果，不滿的聲浪越來越高。

寒川皺眉。看著底下的眾人，覺得一陣厭煩。

蠢死了，這些死小鬼……

煩死了煩死了煩死了！他不想管了！

他只想回他的寢室，放一缸溫熱的水，把所有的塑膠小鴨倒入水中，擠一堆沐浴香精，打出一缸滿到天花板的泡泡，然後窩在裡頭，什麼事也不管。

但這樣，太遜了。

教室門扉忽地開啟。

寒川回頭，只見子夜和福星正在站在門口。

「你們來幹嘛？沒修課的人離開！」

「夠了，寒川。」子夜看了吵雜的教室一眼，搖了搖頭。「看不下去了。」

「我們是來幫你的。」福星擔憂地開口。

「不需要！」

「你在任性什麼啦！」

「你管我！」

「你喜歡可愛的東西沒關係，內心幼稚沒關係，像個孩子沒關係。」子夜輕語，「但是現在的你，看起來只是個沒出息的大人。」

寒川挑眉。

「這不是你的風格，寒川。」子夜搖搖頭，「我所認識的寒川，是個氣燄囂張、永遠堅持自己立場、永不低頭的臭小鬼。」

寒川盯著子夜片刻，發出了一陣輕嗤。

「真是的……」

竟然淪落到被學生教訓。

深吸一口氣，寒川將目光轉回眾人，坦然地望著指責他的學生們。

對，他喜歡可愛的東西。他的內心深處，藏了個長不大的小孩。

但他不是幼稚無能的大人！

活了八百年，再怎麼樣，也比這些乳臭未乾、自以為成熟的小屁孩們更了解人生！

寒川彈指，空中亮起一枚淡藍色的光球，光球迅速爆開，發出刺耳的爆破聲，震得大家耳膜發疼，絮叨不斷的話語聲也就此終止。

「閉嘴，你們這些愚不可及的廢物。」寒川冷笑著，高傲地蔑視著眾人，「每天專注於這些庸俗的事，只是在作踐自己的生命。」

眾人互看，不發一語。

寒川突然轉變的氣勢和神情，震懾得眾人噤聲。

「我已經說了，我沒有任何小孩。」

寒川停頓了一秒，深吸了一口氣，宣告，「那個孩子，就是我本人。」

語畢，他除去了附加在外表上的幻象咒。蒼勁嚴厲的外表有如崩解的沙堆般，一點一點地粉碎消散。

最後，剩下一名穿著西裝的十二歲男孩，站在講臺上。

「這才是我真正的樣子。」

寒川冷冷地望著臺下瞠目結舌的學生，然後義正詞嚴地斥喝：

「所以說，不要以貌取人。懂了嗎？你們這些蠢貨！五感所接觸到的，都是縹緲不實的。只有內在的涵養和靈魂，才能證明一個人的價值和存在！既然生為高智慧生物，就不要活得像糞蛆一樣，糟蹋自己的智能和人格。把時間花費在有意義的事情上，努力讓自己不要那麼廢！」

底下一片安靜，所有學生都還沉浸在驚訝當中。

寒川冷冷地瞥了眾人一眼。

「下課。下次考今天教的章節。」語畢，轉身，看著仍站在門邊的福星和子夜，「別擋路！」

福星一臉錯愕，子夜則對寒川投以讚許的眼光。

關於寒川私生子的謠言，在那一堂課之後，有如滴在烙鐵上的水滴，瞬間蒸散。而寒川在課堂上那番言辭惡毒的發言，意外地激勵了不少人，獲得好評。眾人在得知寒川的身世之後，便對這默默承受詛咒的戰士產生萬分的景仰尊敬。這是寒川所沒預料到的。

他以為，事情就會這樣結束，生活可以回歸平靜。

但他錯了。

雖然不再有人對著他指指點點，不再有人對他怒目相向。但是同樣地，學生們也不像以前那樣懼怕他。甚至，以一種他所無法理解的方式，支持崇拜著他。

早晨八點，正是準備上班的時刻。

寒川打開房門，只見外頭的階梯上，堆著一座有如小山的「貢品」。各式各樣的小禮物，堆放在他的門外。

當他是地藏王嗎！

寒川不悅地彎下腰，審視著那堆禮物。

「送什麼棉花糖，瞧不起人也該有個限度，還做成花的形狀，混帳，還頗可愛的——唔！」

寒川的目光停留在一隻黃色的小雞布偶上。

寒川撿起布偶，左右張望了一陣，接著把玩偶揣入懷中，跑回房裡放到自己的床上，然後若無其事地走出。

他彈指，讓式神把剩下的禮物搬入房裡，然後神色自若地繼續自己的腳步，朝著行政大樓走去。

算了。忍受學生的不成熟，是師長的職責之一。要是那些傢伙太過放肆，他絕對會讓他們吃苦頭！

寒川在心裡不住地抱怨低咒，嘴角不禁微微上揚。

——番外〈做不成大人物，至少當個吉祥物〉完

SHALOM ACADEMY

Side story

朋友的味道是甜食的味道

SHALOM ACADEMY

遠離物質界，深層的黑暗時空。

天與地是一片濃稠的黑，有如汙濁的瘀血。天地之間是一片昏昧朦朧的幽暗，揉雜著悲鳴及惡臭，充斥著各種令人難以忍受的氣息。死亡的氣息，罪惡的氣息，懲罰的氣息。

這裡是冥界，死者所歸之處。

「呵啊……」

擁有三顆頭的巨犬，地獄的看門犬，柯羅貝洛斯，打了個呵欠，靜靜地趴在宏偉的地獄之門前。

三顆頭沉斂安靜，但眼底流轉著地獄火燄般的光彩，尖牙、尖爪，以及猙獰的臉孔，散發著濃烈的威脅感，讓人望之生畏。

牠的任務是看守地獄門。

牠允許任何人進去，不准任何人出來，但僅限亡靈。曾經有些異能者企圖穿越這道門，但都被牠撕成碎片，因為這是牠的工作。

地獄犬翻了個身，換了個姿勢，慵懶地休息。

牠不太懂，為什麼會有人為了另一個人冒這麼大的險、進入冥界。自己生活不是很好嗎？有什麼事情比生命更重要呢？

人類，真的很難理解，感覺挺蠢的。

牠的任務，就是吞噬這些找死的蠢蛋。

正當這麼想的時候，靠近右邊的頭，立即發現一道鬼鬼祟祟的身影，在崎嶇的岩地上偷偷摸摸地移動著。

其實那人躲藏得很好，可是身上的光芒太過顯眼。活人的身上帶著一種黃色的生命之光，雖然微弱，但在這幽暗的冥府，夠耀眼奪目了。

「出來，我看見你了！」地獄犬低吼。

躲藏在岩柱後的光芒抖了一下，片刻，一個人影緩緩地從巨石後方走出。

那是個瘦小的男人，大約二十來歲。男人一臉驚慌，看起來是個平凡人，不曉得他付出了多少代價，才讓巫妖把他送到這個地方。

「那、那個，我……」

「閉嘴。不准彈奏樂器，也休想讓我吃下你給我的任何東西！」地獄犬冷冷地警告。

牠曾吃過人類的虧，誤放人通行。那些事還被記下來，當成神話流傳下去。有了前車之鑑，牠再也不相信人類，也再也沒失誤過。

「呃？」男子停頓了一秒，露出恍然大悟的表情，「啊，你是說俄爾甫斯和賽姬，對吧。」

地獄犬重哼了一聲。

「這道門只有死人才能通過。你還沒死，離開吧。」

「可是……」男子猶豫，「我必須進去。」

「為什麼？」

「我的朋友在裡面……」

地獄犬皺眉。

朋友，那是什麼東西？

牠一直獨自生活。雖然牠有三個頭，但只有一個意識，所以不能和自己聊天。

牠猜想，朋友就是讓自己不無聊的東西。但牠還是覺得，這種理由不足以冒著生命危險去挽回。

「只有亡者能進去。」牠再次重申。「你何不等到死了再來？」

「可是，那時候就不知道他在不在這裡了。」男子堅定地說著，「拜託，讓我進去。」

「不行。」地獄犬打了個呵欠。

牠看著眼前的人類，突然心血來潮地開口，「人類的世界有趣嗎？」

沒辦法，生活實在太無聊，牠已經將近兩百年沒和人說過話了。

「什麼？」

「和我聊天，我或許考慮讓你進去。」

「真的嗎？」男子喜出望外，欣然同意。

這傢伙真怪……

地獄犬暗忖，牠沒看過這麼不畏懼牠的人。

男子找了塊石頭坐下，坐在地獄犬的旁邊，任由這封閉在冥府之中的強大困獸提問。千奇百怪的問題，簡單的問題，荒謬的問題，他盡己所能地努力回答。

地獄犬自誕生後就一直待於此，牠所認知的世界，僅限於這單調黑暗的冥界。雖然從往來的亡者穿著可以看出時代的演變，也能從亡者的交談中對人類的世界略知一二，但是那陌生的世界對牠而言就像個謎，吸引人的美麗謎團，讓牠想一探究竟。

地獄犬問了許多問題，男子一一回答，但是從答案裡，卻又不斷衍生出新的問題。比方說現在。

「紅茶是什麼？」地獄犬好奇。

「一種飲料，很好喝，配點心吃非常棒！」

「點心？」

「呃，也是很好吃的食物，大多是甜味的。」

「什麼是甜味？」真的那麼美味嗎？

「啊？你沒吃過甜食？」男子不可置信地將手伸入口袋中，掏出一個小布袋，往手中倒出一塊琥珀色的圓球，「這是蜂蜜做成的糖果，是甜的，要不要吃吃看？」

地獄犬挑眉，彷彿識破對方伎倆般地勾起嘴角，冷笑，「我說過，休想騙我吃下任何東西。」

「啊，這個沒有下藥啦。」男子尷尬地笑了笑，接著起身，把布袋放在自己剛才坐的位置上，「不然我放在這邊，你以後想吃的話可以吃。」

地獄犬盯著那個布袋，充滿戒心。

「那個，你還有問題要問嗎？」

他不知道現在的時刻，他只覺得自己已經陪著這隻大狗好久，講了好多話。

冥府沒有時間的存在，在這裡，時間彷彿凍結，萬物不會老死衰敗。

「沒了。」牠也膩了。

「那，我可以過去了嗎？」男子興奮地問著。

「當然。」地獄犬賊賊地笑著，「但是，我只同意讓你進去，如果你想出來，還是會被我咬死。」

哼哼！連牠都佩服起自己的聰明。

所以，離開吧。

但不等地獄犬開口勸退，男子已開口笑著道謝。

「我知道了！謝謝你！」語畢，男子開心地走向冥府之門。

「你沒聽清楚我說的嗎？進去之後，就再也出不來了！」地獄犬大聲呼喊著。

「我知道。」男子回頭，對著地獄犬漾起堅定的笑容，「反正，我也不打算出來了。」

地獄犬愣愣，看著瘦小的身影，吃力地推開厚重的門，像陣風一樣溜鑽了進去。

牠看著門，發愣了許久，最後不以為意地聳了聳肩，坐回原位。

哼，說得這麼好聽，牠猜沒多久，那傢伙就會哭喪著臉跑出來了。到時候，牠一定會把對方一口咬碎！

地獄犬自信滿滿地想著。

但是，過了好久，門扉都未再度開啟。

不知過了多久，某天，地獄犬一時興起，拆開了那布袋，戰戰兢兢地咬了塊糖果到嘴裡。

從未嘗過的美好味道，在舌間綻開。

牠第一次嘗到甜的滋味，第一次覺得，自己平常吃的那些罪人的靈魂，根本和糞便沒兩樣。

好好吃喔！

遲疑了片刻，牠一口氣把所有的糖倒入嘴裡，用力地咀嚼，然後依依不捨地嚥下那甜蜜的滋味。

嗯，等那傢伙逃出來的時候，牠一定要逼他把身上的食物都交出來，如果還有糖果的話那就太棒了！或許牠會讓那傢伙死得痛快一點，不會痛苦太久。

但是，過了好久好久，那瘦小的人影都沒有再出現過。

看著那留在原地的小袋，地獄犬突然覺得一陣孤獨。

人類，果然很奇怪。

牠突然覺得，自己很羨慕他們。

牠也想要朋友……

牠想要離開這裡……

牠突然理解，原來無聊與孤單，比死亡更可怕。

不知道過了多久，冥界來了個稀客。

渾身散發著銀白光芒的精靈女王，降臨在這汙濁深幽的下界。

「妳是誰？」地獄犬看得出來，這女人不是人類，是個厲害的角色，牠惹不起的人。

「艾芙。」

「妳來這裡做什麼？」地獄犬緊張地詢問。

牠擔心這個美麗的女人也想穿越冥府之門，牠知道對方比自己強，自己絕對抵擋不了。

「我來找你的。」

「找我？」

「你願意幫我一個忙嗎？」艾芙微笑著走近地獄犬，溫柔地摸著那黝黑的毛皮，「你擁有三顆頭，卻只有一個意識，所以其他靈魂可以寄放在你的體內……」

「妳想要存放誰的靈魂？」

「我的。」艾芙苦笑，「我需要徹底休息。靈與肉必須分開來休養。」

「喔……」好複雜，牠不太懂。

「願意嗎？」

「可是，我不能離開此處。」地獄犬堅持，「我必須守護這裡，不讓人通過。」

艾芙微笑，「這裡早就不需要人守候了。整個世界已經變遷成新的模樣，冥府之門不只一個。你的守候，並沒有太大的必要性。」

地獄犬落寞地低下頭。

是這樣嗎？

原來，牠的存在是不必要的嗎？

「可是，我需要你。」艾芙繼續說著。「要不要和我一起離開這裡，到物質界去？」

地獄犬遲疑了片刻，輕輕地點了點頭。

艾芙漾起笑容，領著地獄犬，離開幽暗陰沉的深淵。

「艾芙，艾芙，到了物質界，我會變成什麼樣子？」

「你想變成什麼樣子，野獸還是人類？」

「我想化成人類！」

「很好呀。」艾芙笑了笑，「如果要變成人，你必須要有個名字。你有名字嗎？」

「有，大家都叫我地獄犬，或是柯、柯羅……貝……洛斯。」牠困難地發出那拗口的單字。

「你喜歡這名字嗎？要不要換一個？」

地獄犬偏頭想了想，「那，以後就叫我洛柯羅吧，這樣比較簡單好唸。」

「洛柯羅……聽起來不錯。」艾芙淺笑。

隨著腳步，屬於冥界的幽暗逐漸退去，取而代之的是物質界旭日東升時的光明。很亮，很刺眼。但又如此溫暖，讓人嚮往。

洛柯羅期待地問著，「艾芙，到了物質界後，我可以吃『甜點』嗎？可以吃到糖嗎？」

「當然可以。」

「艾芙。」

「嗯？」

「我可以……交到朋友嗎？」

「當然。」艾芙望向遠方，悠悠輕語，「時機到了之後，你將會進入一所學校就讀。在那裡，你會認識一群永遠的伙伴，他們是你未來要守護的對象。」

「真的嗎?!」太棒了！

洛柯羅跟著艾芙飛躍蒼空，來到愛爾蘭某座森林深處，兩個人在湖邊生活了一陣子。

艾芙教了他許多人類社會的事。

後來艾芙將自己身軀冰封，沉到湖底，並將抽離的靈魂存放到洛柯羅的身體之中。

洛柯羅再度變成一個人。

他以為自己會習慣，畢竟過去的數千年，他都是一個人度過的。但出乎意料的，這回，卻比以往難受數倍。

因為他已經了解，有人陪伴是什麼樣的感覺了。

數年之後，他照著艾芙當初給的指示，帶著期待而又不安的心，進入了夏洛姆。

從此，他再也不是一個人。

——番外〈朋友的味道是甜食的味道〉完

Side story

處女座室友的日常

SHALOM ACADEMY

「喂。」

剛洗完澡的丹絹，頭上包著短毛巾，踩著夾腳拖鞋，臭臉質問正坐在客廳趕作業的室友。

「怎麼了？」

「你是不是偷用了我的洗髮精？」

翡翠停頓了一下，「沒有。」

丹絹挑眉。

「你回答我之前遲疑了一秒，這有兩種可能。第一，你不確定是否使用過我的洗髮精，因此思索了一下；第二，你確定自己使用了我的洗髮精，而你潛意識裡微弱的道德感告訴你這是不對的行為，但你沒有勇氣承認自己的過犯，便選擇說謊，來掩蓋事實。」

翡翠翻了翻白眼，「那就是第一個選項吧。」

「哼哼！」丹絹像是逮到對方的小辮子一般，發出兩聲冷笑，「你掉入了睿智的我所布下的陷阱！如果你未曾使用過我的洗髮精，那麼根本毋須思考就能立即做答，就像問『你有吃過屎嗎』一樣，可以迅速回答『沒有』。你需要思考才能回應，表示你偷用過我的洗髮精，即使不是這一次，可能是許久之前你用過，因為你有偷用我洗髮精的習慣，所以你不確定，這一次是不是又用了。」

「我承認我之前用過，但是被你發現、曉以大義之後，為了我的耳膜和神經著想，我就再也沒那麼做過了。」

翡翠沒好氣地解釋，「我剛剛會停頓是因為我不知道我是否在無意之間，一時眼花或頭暈，而看錯用錯了你的洗髮精。」

啊，他突然很佩服自己，竟然有耐性繼續回應這煩人的傢伙。

「無意！」丹絹點了點頭，像是被反將一軍一般，拍了拍手，「很好，竟然祭出『無意識行為』這招！好樣的翡翠，算你厲害。」

「你在說什麼啊？」

「無意識行為，就是罪犯在犯案的過程中是處於『無意識狀態』。也就是在『無記憶』或『無自制能力』的精神狀態下所做的行為構成犯罪。」丹絹皺眉問道，「你不知道？」

「我和金融法比較熟。」翡翠淺笑。

「詐欺應該是算刑法的領域吧。」丹絹冷冷吐槽，「不管那些——如果你用了我的洗髮精就承認吧！」

「承認之後呢？」翡翠放下筆，手搭在椅背上，一派輕鬆地看著丹絹，「你要懲罰我嗎？」

丹絹挑了挑眉，「我可沒那麼野蠻！道歉就好，下次不要再犯。但是要讓我感覺到是誠心誠意的道歉，不然我會要求賠償損失的部分！」他信誓旦旦地威脅，「瓶身的刻度下降了一格，所以是十公克！」

翡翠輕笑，「丹絹啊……」

「怎樣？」

「你真的很囉嗦。」

「是你太不檢點自律。」丹絹悶悶低喃。

「我竟然有辦法和你同寢三年。」翡翠嘖嘖稱奇，讚賞著自己。

「我認為這句話應該是由我來說。」丹絹皺眉瞪著室友，接著像是賭氣一般，冷聲提議，「你要是不滿的話，可以要求換寢室。」

「我怎麼可能換寢室？」

丹絹微愣。一瞬間，他的內心有種雀躍的欣喜感。

「換寢室是要交換的兩方都同意，根本不會有人傻到想跟我交換好嗎。」翡翠笑著道出接下來的話語。

欣喜之心瞬間消散，取而代之的是莫名的惱怒羞愧。

「你確實換不了寢室，因為沒有人想和一個小偷同寢！」

「啊呀，生氣了？」翡翠雙手搭著椅背，頭靠在手臂上，不以為意地悠悠開口，「一味地指責別人，你都沒想過，會不會是自己弄錯了呢？」

「寢室只有我和你，難道是我偷用自己的洗髮精?!」

「凡事都有各種可能，如果我不是犯人，對我提出指控，並以言語羞辱我，這樣可是誣告吶。」

「不會有那種情況！」

「如果有的話呢？」翡翠笑咪咪地望著丹絹，「如果從頭到尾都是誤會，你要怎麼賠償我受傷的心靈？」

看著那有如晨曦的笑靨，丹絹一時間有點失神。

精靈是很美麗的生物。他知道美麗的外表只是虛浮的幻影，卻總是被這幻影所迷惑。不管是對翡翠，還是紅葉。

他知道內在的涵養才具有真實的價值，但對美麗的事物，卻又總是不由自主地受到吸引。

他是隻蜘蛛。他的蛛網上，只允許擁有彩翼麗羽的花蝶停駐。

丹絹甩了甩頭，輕咳了聲，拉回自己的意識，「如果是我誤會，那就……」

「那就？」

「悉聽尊便，隨你高興。」

翡翠揚眉，像是早已預料到這答案，卻又有些訝異一般。

「丹絹。」

「怎樣？」

「你真是個徹底的M。」

「少胡說八道了！」丹絹暴吼，「你如果沒辦法證明自己的清白，那就承認自己的錯誤吧！」

「噢，當然可以。」

翡翠起身，走向丹絹，一步一步靠近。

「幹嘛？」丹絹想後退，但是自尊讓他堅立在原地，不願後退。翡翠和他的距離，近在咫尺。

翡翠揚起嘴角，「聞到了嗎？」

「呃、啥？」

「我頭頂上的汗臭味啊。」

「什麼？」

翡翠笑嘻嘻地揪起髮尾，遞到丹絹面前，「看，雜亂糾結成這樣。」

「所以呢?!」

「後天是期中報告繳交的最後期限。我這次接了十五份報告代寫，所以——」翡翠勾起嘴角，壓低了聲音，「我從上週六就沒洗頭了……」

丹絹愣了愣，接著臉部扭曲，像是有人徒手拿了坨屎到他面前一般，火速向後躍了一大步。

「你搞什麼鬼！髒死了！」丹絹驚呼，不可置信地盯著翡翠，張口想要說些什麼，卻又找不到詞彙，最後只怒吼了一句，「你這低級又噁心的骯髒鬼！」

翡翠不以為意，「噢，順帶一提，至於你的洗髮精為什麼會減少，應該是剛才洛柯羅來借浴室時用的。」

丹絹瞪大了眼，望著嘻皮笑臉的翡翠。

「你是故意的？」

「本來不是。」因為丹絹一直聒噪個不停，便想作弄作弄這神經質的室友。「好了，現在你該說什麼呢？」

丹絹皺了皺眉，盯著翡翠片刻，最後放棄似地輕嘆了聲。

「抱歉，誤會你了。剛才對你的那些指責太過嚴厲，是我不對。」

「很好。」翡翠雙手環胸，滿意地點點頭，走回座位。

「道歉就夠了？」丹絹好奇詢問。

「當然不只。」翡翠背對著丹絹，高舉起左手，招了招。

丹絹走向方桌旁，「怎樣？」

翡翠推了三本作業簿到丹絹面前，「幫忙分攤一點吧。」

丹絹瞪大了眼，「這種事——」

「是誰剛才說悉聽尊便的？」

丹絹語塞，咬牙，悶悶地拉開椅子，坐下。

「寫完這個就一筆勾銷了吧？」丹絹謹慎地確認，

「嗯……」翡翠偏頭想了想，勾起嘴角，「等全部的作業寫完之後，幫我洗頭髮吧。」

「你是認真的嗎？」

「當然。」

丹絹皺了皺眉，忿忿不平地低咒幾聲，似乎是妥協了。

翡翠笑看著室友。

他的室友雖然聒噪又神經質，但是還頗坦率老實的。丹絹的思考模式直來直往，很好相處，而且很好作弄。

很有趣。

「對了。」丹絹忽地開口。

「嗯？」

「洗髮精要用你的。」

——番外〈處女座室友的日常〉完

Side story

愚者的生日

SHALOM ACADEMY

四月，春寒料峭，乍暖還寒時。枝椏萌新葉，繁花綻千色，夏洛姆的春季，是和諧而繽紛的日子。

四月一日，是在這繽紛華麗的季節裡，有如誇張的馬戲團小丑一般的存在。

大型共同教室，在高階異能力理論與實作課前十分鐘，學生已紛紛入座，閒聊休息，等待著課程開始。

「吶，你們知道今天是什麼日子嗎？」紅葉撐著頭，勾起媚笑，不懷好意地問著同伴。

「普魯士帝國鐵血宰相俾斯麥的誕生日。」丹絹淡然地回應。

「呃，我要的不是這個答案。」

「我知道，四月一日是愚人節。」丹絹冷冷地翻了翻白眼，「我覺得這個節日很沒意義，因為就算不是愚人節，每個人都在說著愚不可及的蠢話和謊言。」

「是嗎？」紅葉偏頭想了想，「說的也是。像丹絹你這麼睿智賢哲、冰雪聰明的人，當然會對這麼無聊的節日感到無趣。我覺得與其設立愚人節，不如把你的生日設為賢者丹絹紀念日，用來勉勵後人精進自己的內涵，以你為模範才對。」

「這聽起來不錯，」丹絹露出意外而得意的笑容，讚許地點頭，「妳難得也會提出具有建設性的發言嘛！」

「我開玩笑的。」紅葉奸笑，「愚人節快樂喔。」

丹絹笑容僵在臉上，露出扭曲而猙獰的詭笑，「濫用他人信任的人才是傻子！妳這混帳！」

「在萬聖節賣糖果符合節日習俗，在情人節賣巧克力剛好配合浪漫的過節氣息。所以，在愚人節這天賣假貨也是合理的囉？」翡翠一臉興奮地說著，內心正盤算著斂財之計。

「沒那回事！」眾人異口同聲地否認。

「那，今天說謊開玩笑都是可以的嗎？」妙春吶吶地舉手發問。

「當然！」

「但是別鬧出人命喔。」珠月柔聲提醒著。「肢體的重度傷殘也是要避免的，最好是不要留下無法接合的傷口。」

「呃，我們不會玩到那種地步……」

「喂喂！」福星壓低了聲音，對著身旁的伙伴小聲提醒，「不要忘了，今天也是布拉德生日啦……」

說完，小心地看了坐在另一側的布拉德一眼。

「無所謂。」布拉德漫不經心地轉著筆，淡然地開口，「我不在意。」

「布拉德在愚人節生日喔?」洛柯羅感到非常新奇,「那布拉德是笨蛋嗎?」

布拉德臭著臉,但也沒多大的反應,只是冷冷地瞥了洛柯羅一記,「我姑且把那句疑問當成笑話,不和你計較……」

「哇,布拉德你今天真有耐性。」

「平常講他一兩句他就惱羞暴怒的說。」

「哼……」布拉德不以為意,只是輕笑。

這種程度的玩笑,簡直和春日的小雨一樣,打在身上不痛不癢。

他已經習慣了。

他的生日就是個笑柄。

但他一點也不在意,任何的玩笑或謊言都傷不了他。因為,他的姐妹們,已經對他開過最惡劣的玩笑,在他二十歲那一年,還是個孩子的時候,讓他經歷了有生以來最慘痛壯烈的生日……

那是七十多年前的事了。

春光明媚。雖然已褪去冬季的嚴寒,但清晨時分,空氣中仍帶著點清冷的寒意。

位於加州郊區的阿爾伯特家族,成員習慣早起,七點多便整裝完畢,徒步朝著林區奔跑，跑上十公里左右的路，狩獵日常生活所需的食物來源，順便鍛鍊身體。

獸族人非常重視鍛鍊自己的體魄，強健的身體象徵實力及榮耀，肉體上的力量是他們所肯定的。

對獸族而言，成年男子留在家鄉、不出外闖蕩是非常可恥的事。只有女眷、幼童和老者能待在家中。

因此狼族阿爾伯特家裡，平時是沒有成年男性存在的，只有蕾妮．阿爾伯特和她的四個女兒，以及小兒子布拉德居住在此。一家之主的參森及成年的長子萊諾爾，幾乎整年待在外頭，各自在自己的團隊裡執行任務。

清晨的狩獵結束，一行人回到寬敞的木屋裡。家中唯一的男生布拉德，豪邁地把肩上扛著的鹿扔到前院的大木桌上，接著走向花圃前，直接從水缸裡舀起一桶水，從頭頂淋下，沖去血汙及汗水。

二十歲的布拉德，外表和內心相當於人類的十二歲。遺傳了父親健壯體魄和陽剛外表的他，雖然臉上仍帶著稚氣，但看起來仍比一般同齡者高大成熟些。

「布兒！」長女安琪甩著馬尾，一掌豪邁地拍向布拉德的背，「今天的收獲不錯嘛！」

「安琪，小力一點。」布拉德皺了皺眉，小聲抱怨，「會痛。」

長女安琪外表高瘦，卻有著男人般的體力，個性也像男孩一樣豪放，連向來跩得要命的萊諾爾都怕她三分。布拉德一直偷偷地在心裡把安琪當成二哥，而不是大姐。

「知道今天是什麼日子嗎？」次女艾瑪溫柔地將乾淨的上衣遞給布拉德。

布拉德偏頭想了一下，「是布萊兒的生日。」

他的四姐，阿爾伯特家的么女布萊兒，像個小公主一樣被呵護長大，個性也像公主一樣。

「幹嘛講得這麼生疏。」三女蘿拉冷冷地開口，「你和布萊兒是雙胞胎，她的生日也是你的生日。」

「嗯，我知道。可是……」布拉德低語，「之前都只幫布萊兒慶生，我以為這不干我的事……」

阿爾伯特家的男性不過慶生會，這是參森規定的。他認為男人的價值及榮耀來自個人所建立的功蹟，而年齡的增長並不是需要慶賀的事。

即使如此，小布拉德還是在心中偷偷期待著，會不會有哪一年，家人為他準備了慶生會。

他不像布萊兒一樣驕縱，每天吵著要禮物，他只要蛋糕就好，塞滿淋滿奶油和藍莓的蛋糕就好，專屬於他的蛋糕。

難道，今年會是他夢想成真的一年？

布拉德興奮地期待著。

「噢，是啊。我們並沒有要幫你慶生。」直言直語的蘿拉毫不留情地打破布拉德的幻想。

「喔……」布拉德失望地垮下臉，「那問我幹嘛？布萊兒的禮物我已經準備好了，是她一直想要的米色針織衫和碎花洋裝。」

討厭的布萊兒從三月中就一直提醒著他，煩死了。

今天早上的晨練布萊兒也沒參加，睡到十點多就和蕾妮進城，到百貨公司購物。真是太令人羨慕了。

「不是要說這個。」

「生日會布置的彩球、紙花和彩帶也都做好了，我下午會去布置。」布拉德繼續說著。

大概從六年前開始，布置慶生會場的任務落到他身上。原本是由艾瑪負責的，但艾瑪也有自己的事要忙。

雖然有點不滿，但是仔細想想，除了艾瑪，家裡也只剩他能接下這任務。如果交給蘿拉和安琪，家裡應該會被弄得像荒廢的鬼屋一樣吧。

不過，和艾瑪一起製作紙花和裝飾品的過程頗愉快的。他很喜歡做這些手工藝，也很喜歡艾瑪。艾瑪是家裡最溫柔的人，比蕾妮還溫柔。

說到裝飾品，他忍不住揚起得意的笑容。這次他挑戰紙蕾絲雕刻，用半透明的紙刻出一片一片的繁花，然後用粉彩暈染上色，效果非常好。

他有把握，這次的客廳會被他布置得像公主的房間一樣夢幻！

「也不是這件事。」蘿拉沒好氣地開口，「是和你有關的事。」

「很重要的事。」安琪搭腔。

「什麼？」

「因為你年齡已經大了，所以我們要告訴你一件事。」安琪壓低了音量，彷彿要吐出什麼重大的祕密一般。

「一個隱藏很久的事實。」蘿拉嚴肅地開口。

「什麼事？」布拉德嚥了口口水。

安琪和蘿拉的態度，讓他覺得有點不安。

艾瑪只是一臉好奇，笑著旁觀。

「其實，你……」安琪小聲低語，拉長了尾音。

布拉德的神經彷彿跟著遲遲未落的話語而緊繃，懸在空中。

「我怎麼樣？」單純的布拉德，焦急地追問。

安琪停頓兩秒，接著朗聲宣告：

「其實──你是女生。」

語畢，接著是一陣長長的沉默。

艾瑪笑著搖頭，安琪和蘿拉則奸詐地賊笑。雖然是個顯而易見的蠢笑話，但對於拿來作弄人還不錯。

兩人看著布拉德，等著他惱羞、反駁，然後她們便能繼續回嘴，繼續調侃作弄小弟。

然而，預期中的咆哮和怒吼並未出現。一陣沉默過後，響起的是帶著猶豫與不安的質疑。

「這是……真的嗎……」

「啊？」三姐妹微愕。

「我……真的不是男生？」布拉德的聲音顫抖，看起來內心十分掙扎，彷彿努力地接受這事實。

三姐妹互看一眼。艾瑪本想開口解釋這只是玩笑話，但被蘿拉阻止。

「對！其實你是女生。」蘿拉搶先開口，滔滔不絕地說著，「你和布萊兒不是雙胞胎姐弟，而是姐妹，阿爾伯特家只有萊諾爾一個兒子。」

「那為什麼要把我當成男生養大？」

「因為你的生理構造有點問題，」安琪跟著胡扯，「你的器官乍看之下是男性，但其實仔細檢查的話，會發現你其實是個女生。」

蘿拉繼續幫腔，「加上你出生之前，有東方來的巫妖術士為你和布萊兒占卜。你們兩個雙胞胎一屬陰，一屬陽，如果生出來兩個都是男生，其中一個要以女生的身分養大；如果兩個都是女生，另一個要以男生的身分成長，直到二十歲為止。」

艾瑪挑眉，覺得這兩個女人睜眼說瞎話的能力幾乎和妖精一樣。

布拉德瞪大了眼，不發一語，神情非常複雜，看起來悵然若失，卻又帶著些許欣慰和期待。

蘿拉和安琪忍著笑，靜靜地打量著布拉德。艾瑪覺得太荒謬，荒謬到可笑，讓她也噤聲，靜觀其變。

「你還好嗎，布兒？」艾瑪詢問。

「我們了解這個事實很難以接受。」安琪故作世故地拍了拍布拉德的肩，「但你還是必須面對。」

布拉德沉默不語，好半晌才靜靜地點了點頭。

「那個……我、我想回房裡休息一下……」他低語。

「去吧。」蘿拉一臉同情，彷彿關切小弟的慈愛姐姐，「好好靜一靜。今天下午會場的布置就交給我們吧。」

「嗯……謝謝妳們……」

布拉德勉強撐起笑容，轉身入屋，走回自己的房間。

「剛才的玩笑會不會太過分了？」

「還好吧。」

「會相信這麼蠢的謊言，被騙的人也有錯。」

「沒想到他竟然真的相信了……」艾瑪檢討，自己對待布拉德的態度是否有什麼問題。

「什麼時候要告訴他真相？」

「再看看吧。」安琪奸笑，「我想知道他認定自己是女生之後會做些什麼。」

「沒錯！」蘿拉搭腔，「這麼有趣的戲碼，怎麼能太快就結局呢？」

艾瑪看著這對壞心眼的惡魔姐妹，無奈地搖了搖頭，嘴角勾起若有似無的淺笑。

真正有趣的可不只這些。

要是這兩個傢伙不在傍晚之前把這可笑的鬧劇結束——到時，可就真的有場熱鬧的好戲可看了。

布拉德奔回房間後，跳上床，把自己埋到鬆軟的棉被裡，彷彿為自己裹上一層繭，獨自在這小空間裡，對著最真實的自己。

他是女生？怎麼可能？

但是，蘿拉和安琪又講得好像很有道理。

獸族的生活比較單純，通常只會和家族成員互動。加上人類社會最近非常動盪，使得他們與外界的往來更為封閉。他認識的男性只有父親參森和兄長萊諾爾，而那兩個人長年在外。從小到大，他的生活裡都被女生包圍，使得他對女生的了解，更甚於男生。

說實在的，他不太知道真正的男人該是什麼樣子。父兄在他的印象裡，和力量、健壯畫上等號。

但是仔細想想，安琪也是那樣啊。安琪只是瘦了點，但是暴力和豪放的程度，似乎和萊諾爾沒兩樣。

蘿拉自我中心，嘴巴又壞，就像繪本裡的巫婆一樣。布萊兒則是被寵壞的公主，雖然也喜歡漂亮的小東西，但她對於製作過程一點興趣也沒有。上次他好心教她編幸運繩，她才打了個結就把線繩丟到一旁，懶惰得要死。

只有二姐艾瑪，個性溫柔，又會打扮，而且還會做好多可愛又漂亮的東西，簡直和仙女一樣。

這樣相較之下，總是和艾瑪待在一起的他，還比較像女生呢。

過去的二十年，他一直嚮往自己能和兄長一樣，雄壯魁梧，威風凛凛，跟著父親一起到外頭闖蕩、戰鬥。

他期望自己能和父兄一樣，成為一位受人景仰的狼族戰士。

沒想到，這個夢想與憧憬竟然永遠不能實現了。

他的心裡有點失落的感覺。

過了二十歲生日，他就要回復成「女生」了。

他不用在晨練時比姐姐多跑六公里，耗體力的差事不必由他一個人承擔。等他成年之後，也不能像兄長一樣到外頭冒險，而是待在家裡，和家人安安穩穩地生活。

他不必每天穿著工作褲和單調的粗布衫，頂著太陽流汗做粗工。他可以和布萊兒一樣，穿著明亮的柔軟衣裳，乾乾淨淨地待在家裡做自己想做的事。

布萊兒是公主，他也可以是！他有自信，自己絕對可以當個比布萊兒更有教養、更端莊的公主！

在被窩裡翻滾蠕動了一番，布拉德越想越覺得，蘿拉說的是真的，越想越覺得，自己確實是個女生。

他逐漸被自己說服，接受了這個事實。而他發現，面對這個事實，他的內心是喜大於悲。

嗯，確實。他也覺得自己比較適合當女生。

布拉德摸了摸自己的短髮。想起小時候，艾瑪總是摸著他的頭，稱讚他有一頭柔軟的頭髮，還說他的髮色很漂亮，像焦糖一樣討人喜歡。但他比較喜歡艾瑪的髮色，好像太妃糖一樣光滑亮麗！

如果他把頭髮留長了，是會像艾瑪一樣有著波浪般的自然捲，還是會像安琪一樣筆直沒弧度呢？

布拉德興奮地幻想著自己未來的樣子，嘴裡不自覺地哼著小調。

對了！

他的腦子突然靈光一閃。

如果他也是女生，那今天的生日會，他也是主角之一囉？他可以和布萊兒一樣，打扮得漂漂亮亮，等著大家為他慶賀，送他禮物。

說到禮物——

布拉德掀起棉被的一角，望向房間角落的櫃子上。

那包裝得精美華麗、綁著彩帶的禮物，裡面裝的是他存了好久的錢，請艾瑪到鎮上幫他買來的禮物。

樣式簡單卻印滿了美麗碎花的雪紡洋裝和外套，他可以想像，布萊兒穿上去會變得多麼可愛。

布拉德像著了魔一樣地盯著那盒禮物。

如果他也是慶生會的主角，那他的地位不就和布萊兒一樣？這樣他就不用準備禮物給她了吧？況且布萊兒絕對不會準備他的禮物，他為什麼要送她呢？

布拉德起身，走向矮櫃，盯著禮物盒片刻，下定了決心。

現在是十二點，慶生會五點才開始，時間還很充裕。

他可以好好地準備，他「重生」之後的第一個生日！

下午一點時，蕾妮帶著布萊兒從城裡歸來。一開門，就看到安琪和蘿拉兩人在張貼彩帶、花球，布置客廳。

但成效……非常糟。

彩帶黏得歪歪斜斜，部分區段還因沾了過多的漿糊而浮腫，黏沾著灰塵與碎屑。

薄紙做的花球被粗魯的力道給擠壓變形。紙雕蕾絲上沾著髒黑的手印，毫無規律地隨意貼在窗上。

「怎麼是妳們在布置？布拉德呢？」蕾妮訝異。

「他在休息。」蘿拉隨手把紙球黏在椅背上。

「嗯，他剛才面臨了一場人生中的劇變，可能震撼太大，一時無法回復，連午餐都沒出來吃呢。」安琪賊笑著接口。

「可惡，竟然在偷懶！這個懶惰鬼！」布萊兒看著兩位姐姐布置出來的會場，臉色臭到極點，但她不敢抱怨，只好把怒氣出在布拉德身上。

身為六個孩子的母親，蕾妮立即感覺到情況有異，但她並不逼問，只是淡然地提醒，「不要太過分，別太為難妳們的弟弟……」

她的教育態度是，她不會阻止孩子做任何事，同樣地，事情的後果她也一概不負責，全由孩子們自己承擔。

「知道知道！」興頭上的兩人隨口回應。

蕾妮看了安靜坐在沙發上剝豆莢的艾瑪一眼，艾瑪回以一笑。

等著看好戲吧。艾瑪以眼神示意。

下午五點。

慶生會場布置完畢，布置完之後的客廳，看起來和戰場沒兩樣。但蕾妮並沒多說什麼，因為善後的絕對不會是她。

餐桌上擺滿了美味可口的餐點，豐富到連安琪都為之驚嘆。

「天啊！妳怎麼準備這麼多食物！」

「只不過是個臭小鬼生日，有必要搞這麼大排場嗎？」蘿拉沒好氣地開口。

「放心，不會浪費的。」艾瑪微笑著幫忙擺盤。

「快點坐好，就定位。」蕾妮指揮著。

布萊兒、蘿拉和安琪乖乖入坐，準備等眾人到位後，一齊開動。

「喂，布拉德呢？」安琪壓低了聲音，詢問著身旁的蘿拉。

「還在房裡。」

「他在搞什麼啊？」安琪有點不安，「該不會打擊太大，自殺了吧？」

「不可能，我剛經過時聽到裡面有聲音。」

「什麼聲音？」

「聽起來像是縫紉機。」

「啥？」

「先別管那個，」蘿拉盯著長桌彼端，對著剛入座的艾瑪開口，「為什麼多擺兩副餐具？」

艾瑪笑了笑，「妳忘了嗎？」

「什麼？」

此時，屋外由遠而近地傳來沉重響亮的汽車引擎聲，聲音在屋後的車庫裡停止。

接著是腳步聲，兩雙軍靴踏出來的厚實跫音，朝著大門接近。

蘿拉的臉瞬間刷白。

她想起來了。

今天不只是布萊兒的生日，同時也是——

「這味道真棒！蕾妮，妳買了柏克家的火腿？」渾厚低沉的嗓音，有如洪鐘，隨著開門聲闖入屋內。

阿爾伯特家的一家之主，參森，帶著長子萊諾爾步入屋中。蕾妮起身向前迎接。

安琪看著來者，驚覺，「該死的，老爸回來的日子！」

「快把布拉德叫下來……」

安琪起身，但還沒踏出步伐，參森已坐入主位。

「安琪，怎麼了？」參森看著長女，「這麼久沒見，不打聲招呼就想走？」

「呃，不，我正要坐下……」安琪硬生生地坐回原位，不自然地開口，「好、好久不見了，父親大人。」

參森挑眉，「唷，一年多不見，妳變得禮貌許多。」他滿意地點點頭，「很好，終於有點女孩的樣子了。」

「謝、謝謝。」

萊諾爾發出一聲嗤笑，立即遭安琪白眼。

蘿拉和安琪不安地互看了一眼，在心裡祈禱布拉德沒事。她們如坐針氈，擔心著接下來會發生的事。

蕾妮分裝菜餚到每個人的盤子裡，艾瑪則是拿著自家釀的葡萄酒，幫忙倒入杯中。兩人互看了一眼，勾起心照不宣的微笑。

「好久不見！爹地！」布萊兒起身走向父親，給了他一個擁抱，甜膩膩地開口，「人家好想你喔！你想我嗎？」

萊諾爾、安琪和蘿拉同時翻白眼，露出作嘔的表情。

「當然了，小寶貝，生日快樂！」參森笑著拍了拍么女的背，接著隨手從口袋裡掏出個小布包，塞到布萊兒手裡，「這個送妳。」

「謝謝爹地！」布來兒興奮地打開布包，將裡頭的都東西倒入掌中，接著愣愣。

「呃，這是什麼？」

那是一顆巨大而尖銳的獸齒，末端還帶著點血絲，泛黃的牙齒隱隱散發出一股野獸的臭味。

「棕熊牙。」參森得意地開口，「這隻巨熊可真不得了，我和萊諾爾在阿帕拉契山上和牠纏鬥了數日，才把牠撂倒。喜歡嗎？」

布萊兒立即堆起甜到極點的笑容，「當然！爹地送的禮物都是我的寶貝！」

「布拉德呢？」看不下自己妹妹噁心做作的表演，萊諾爾淡然詢問，想轉移話題。

這個問句讓安琪和蘿拉有如被雷殛般重重地抖了一下。

「他下午有點不舒服，在房裡休息……」安琪解釋。

「不舒服？」參森挑眉，「一點不適就窩在房裡裝死，顯然是欠缺鍛鍊。」

「這次慶生會是誰布置的？」萊諾爾詢問。

「是安琪和蘿拉。」布萊兒沒好氣地搶答，心裡充滿不悅。

「噢。」萊諾爾點點頭，輕笑，「難怪布拉德會不舒服，這布置的品味差到讓人反胃。」

蘿拉和安琪瞪了萊諾爾一眼。要是平時，她們一定回嘴，但此刻有比鬥嘴更重要的事。

蘿拉起身，「那個，我去叫他——」

她不等父親回應便迅速轉身，但是才走到樓梯前，便被眼前的景象震驚得瞪大了眼，僵直在地。

「讓你們久等了！爹地，好久不見！我好想你！」

刻意尖著嗓子的甜叫聲響起，坐在桌旁的人同時回首。

來者是布拉德。

此時的他，頭上戴著蕾絲髮帶，身上穿著那件原本要送給布萊兒的碎花洋裝和米色針織衫。

他花了一下午修改衣服，改成自己穿得下的尺寸，但對那精碩的身軀、寬大的骨架而言，仍十分窄小。

原本穿起來輕飄飄的衣服，此時繃得死緊，在軀幹上勒折出一道道僵硬的線條。裙子長度太短，原本及膝的長裙只蓋到布拉德的大腿。滾著蕾絲邊的裙襬，在兩腿之間的神祕三角地帶若隱若現地擺動著。

頭上的髮飾是他做的，他選了粉橘色，和他的髮色很配。

兩條精壯的長腿上，套著短襪，襪子側邊的珠花也是他的傑作。隨著步伐，彩色的珠花閃耀著光芒，發出喀嗒喀嗒的聲響。

所有的人瞪大了眼，震驚地看著布拉德，彷彿看見了蛇髮女妖梅杜莎一般，驚恐地石化在原地。

布拉德那身詭異的打扮，竟和破爛荒蕪的慶生會布置十分相襯。

「布拉……德？」參森不可置信地看著自己的么兒，連手中的酒杯傾倒，淋了一桌都不自覺。

「爹地！」布拉德走向參森，用力地給了父親一個擁抱，「人家好想你，你有沒有想人家！」

低沉的聲音刻意裝成女高音，尖銳、沙啞而又甜膩的腔調和話語，讓在座的人一陣冷顫。

參森回神，重重地把布拉德推開。

「這是在搞什麼鬼！」

有如雷鳴一般的怒吼響起，震得所有人耳膜發疼。

「爹地？」

「住口！不要那樣叫我！」參森怒瞪著布拉德，「你發什麼瘋！為什麼打扮成這副德行！」

布拉德驚慌地看著父親，「可、可是，我不是女生嗎？」

為什麼對他這麼凶？剛才布萊兒也講了同樣的話、做了同樣的事，為什麼沒事？

「去你媽的！這種蠢話你也說得出口?!」

「不好意思，他媽就是我，注意你的用詞。」蕾妮淡淡地提醒，「親愛的，你何不問問他的姐姐們呢？」

蘿拉和安琪身子一震，露出心虛的表情。

眼尖的參森立即發現，便開口質問：「安琪，這是怎麼回事？」

「呃，我和蘿拉只是開個玩笑而已……」安琪尷尬地解釋，「因為今天是愚人節嘛，所以……」

「這一點都不好笑！」參森怒斥。

「所以，我不是女生嗎？」布拉德非常震驚。

「你當然不是！該死的，這種謊言你也相信！你是白痴嗎！」參森猛地起身，撞到端著蛋糕進場的艾瑪，整個蛋糕砸向桌面，奶油噴濺了參森和布萊兒滿臉都是。

「抱歉，父親。」艾瑪淡淡地致歉。

參森氣得額角青筋暴現，脖子漲紅。他隨手抹去臉上的奶油，站在桌邊，厲聲痛罵訓斥著自己的兒女。

蕾妮和艾瑪從頭到尾靜靜地做著自己的事。萊諾爾在一旁憋笑到渾身顫抖。布萊兒則嘟著嘴生悶氣。

布拉德眼眶泛淚，咬牙聽著父親的教訓。

他很難過，因為他被姐姐欺騙，慶生會也毀了，還惹父親生氣。他從來沒有被這樣痛罵過。

但最讓他傷心的是，他的公主夢也隨著謊言的揭穿而破滅。

他憤恨地瞪著安琪和蘿拉，那兩個罪魁禍首。

他才不要當女生！這麼惡毒又邪惡的生物！

女生不是都該柔弱文靜，像高嶺百合一樣清純，像鈴蘭一樣可人，像雛菊一樣嬌弱嗎？

阿爾伯特家只有艾瑪是女生，其他的都是母怪獸！

幼小的心靈暗暗立誓，他以後一定要找一個溫柔婉約的女孩當新娘！

那天之後，參森待在家裡好長一段時間，親自教育布拉德。那段日子裡，布拉德每天都必須面對嚴苛的訓練，還有幾乎從未中斷的責罵和處罰。

幾個月後，參森帶著布拉德離家，帶他進入警備隊，跟著隊員一起訓練生活。

數年之後，當布拉德重再次回到家鄉時，他已經成為和父兄一樣剛毅挺拔的男子漢了。

他再也不過生日，也沒人會為他慶生。童年時的記憶和夢，已深深地埋在腦海與意識深處……

上課的鐘聲響起，打斷了布拉德的回憶。

身旁的伙伴們興奮地談著要如何整人、如何歡樂地度過。布拉德始終安靜，不打算參與。

愚人節，對他而言是個夢魘。

第一節課下課，沒多久第二節課鐘聲響起。布拉德發現，下課時間離開的伙伴們都沒回座位，而且隨身物品都帶走了，顯然是集體蹺課。

竟然沒找他一起。看來他被冷落了。

不以為意地勾起冷笑，反正他對愚人節沒興趣，他只希望這一天快點過去。

布拉德心不在焉地聽完課，拎起包包，率然地獨自步回寢室。

一打開門，拉砲起起彼落地響起，噴了他滿身的彩帶。

「生日快樂！」

歡呼聲從布拉德的房中響起。

布拉德一邊拿下身上的彩帶，一邊驚訝地環顧房中。

伙伴們全都在他的寢室裡。房中貼滿了紙圈彩帶，中央的牆面上還以塑膠板和金色的色紙剪貼出「布拉德生日快樂」的字樣。

桌上擺著雙層蛋糕，上面插著數字蠟燭。旁邊則擺著許多食物和甜點，桌腳則堆著一盒盒禮物。

「你們……」布拉德錯愕，不可置信。「這是……給我的？」

「廢話，都寫了你的名字，難道是給我？」翡翠沒好氣地吐槽，「要給我的話請折現。」

「這是特地請廚房製作的藍莓蛋糕！喜歡嗎？」福星興奮地問著。

布拉德點點頭，「嗯……怎麼會選藍莓口味？」

「小花選的。她超厲害，去和廚房講一講，對方就願意幫我們，而且這麼棒的蛋糕，竟然免費呢！」

布拉德望向貓妖，對方正置身事外地坐在一旁喝著飲料，兩個人的眼神正好交會。

「謝謝……」

小花停頓了一下，僵硬地點了點頭，沒多說什麼。

「我們一個星期前就開始策劃了吶。」紅葉得意地說著，「因為不知道你想要什麼，本來還想打電話去問萊諾爾。」

「你們打了嗎？」布拉德心頭一驚，擔心自己那不堪回首的過往被兄長爆料。

「打了，但是他不接。」紅葉沒好氣地哼了聲，「踐個屁，下次叫芙清整他。」

布拉德暗自鬆了口氣。

「謝謝你們。」他認真地開口。

「生日剛好是在愚人節，頗悲慘的。」丹絹挖苦，「每年都會被當成笑柄，很不好受吧。」

「還好。」布拉德雲淡風輕地笑了笑，「反正，我不過生日的。」

眾人笑鬧著祝賀，以五音不全、不和諧的音調，唱著生日快樂歌。布拉德靜靜地接受。

他看見洛柯羅趁大家唱歌時，企圖用食指挖奶油偷吃，但他不打算指正，因為他的心情很好。

他覺得自己被一股暖意包圍，一種焦糖般濃稠甜蜜的滋味，融裹著他的心。

他慶幸自己進入夏洛姆。

認識這群伙伴，是他最棒的禮物。

歌聲結束，眾人拍手。

「謝謝你們！」布拉德認真地說著。

「可以開始吃蛋糕了嗎？」洛柯羅詢問，嘴角還沾著奶油。

「喔，我還以為你已經偷吃吃飽了呢。」丹絹冷哼。

「慢著，還沒好。大家安靜，」紅葉朗聲，主導局面，「珠月有話要說！」

眾人靜默，好奇地看著珠月。

穿著雪白長洋裝的珠月，走到布拉德面前。

布拉德的耳根，像是打開了開關一般，開始隱隱泛紅。

「布拉德，我有一件事想告訴你。」珠月害羞扭捏地說著。

「嗯，好……」

布拉德努力讓自己鎮定，但是珠月站得離他好近。那黑白分明的眼、無瑕的皮膚、小巧的鼻子，還有水嫩的嘴唇、嬌小的身軀，近在咫尺。他可以聞到從珠月身上傳來的淡淡的清新香氣。

他的心臟狂烈地跳動著，狂烈到他擔心對方會聽見自己的心跳。

「那個，布拉德——」

「嗯……」布拉德嚥了口口水，「有什麼事呢？」

珠月遲疑了片刻。那猶豫不決的嬌羞模樣，讓布拉德想用力咆哮，然後把對方擁入懷裡。

「布拉德——」珠月深吸一口氣，紅著臉，抬頭凝望著對方，「我想當你的新娘，可以嗎？」

布拉德愣愣，內心震盪，彷彿數萬個塞滿彩帶和亮片的拉砲，同時拉響，震耳欲聾，彩花滿天。

這是在做夢嗎？

揉了揉眼，珠月精緻的小臉仍在面前。

啊，不是夢！他真的在眾人的見證下，被他最喜歡的人告白求婚！就算是做夢，他也不敢奢望做這麼美好的夢！

這是他一生最幸福的日子！他愛愚人節！

「布拉德？」珠月試探地出聲。

布拉德望著珠月，認真地開口承諾，「我願意——」

但話語方落，爽朗的笑聲尾隨即響起，破壞了這浪漫的氣氛。

「哈哈哈哈哈，開玩笑的啦！」珠月開朗地笑著，一手撫著肚子，一手拍了拍布拉德的肩，「布拉德真幽默！竟然還跟著胡鬧起鬨。」

布拉德愣愣。

只是玩笑？他又上當了？

看著其他人臉上的笑容，證實了他的猜想。

再一次，他聽見夢碎的聲音。

和他二十歲生日時，得知自己當不了公主時，夢想破碎的聲音一樣。

眾人沒發現這小小的玩笑對布拉德的影響，只當是隨口打鬧的笑語，逕自開始歡鬧慶賀。

唉，算了。布拉德苦笑。

至少，這個慶生會屬於他，這就夠了。

他揚起笑容，回復喜悅的心情，走向大桌，吹熄蠟燭，舉刀切分著蛋糕。又是一陣歡呼。

翡翠走向前，拍了拍布拉德的肩，露出了解的笑容，並遞給他一杯香檳。

布拉德接下酒杯，一飲而盡。

他在心中暗暗對自己說著。

生日快樂，布拉德。

愚人節快樂。

——番外〈愚者的生日〉完

Side story

妖怪的實習教師生活

SHALOM ACADEMY

入春之夜，潤雨，風清沁人。

即使將近午夜時分，臺北的街道上仍有些許店面亮著燈，道路上來往的車流量雖較尖峰時段少，卻未曾消失。道地的不夜城。

晝短苦夜長，何不秉燭遊？

偌大的公園裡，隔離了外在的喧鬧，保有著夜晚該有的靜默。

留著及肩直髮、一臉精明的少女，獨自步入森然闃黑的場域之中，雪白的臉上絲毫沒有懼意，彷彿與闇夜融為一體。圓圓的眼眸，隨著黯淡的光線，閃爍著妖異的光彩。

少女走到某個涼亭下，張望了四周一圈，對著周圍的幽暗開口低問。

「都到齊了？」

黑暗中，十道人影緩緩出現，步向涼亭。

看著來者，少女勾起久違了的淺笑。

「好久不見了，小花！」

「我以為妳不會出現呢，珠月。已經出師了？」

珠月畢業後沒多久，就跟著蛇精藥師學草藥，幾乎大半年都窩在偏僻的深山野澤，與外界隔離。

紮著馬尾的珠月笑著，「差得遠，才剛入門而已。」她轉頭望向其他伙伴，露出懷念的笑容，「大家，好久不見了。」

「是啊。」挑染著誇張髮色的紅葉，指甲塗著深色的指甲油，身上掛著金屬飾品，「有五年了呢。」

「五年不見，妳的品味越來越糟……」丹絹皺眉，盯著紅紫交錯的髮絲，深濃的黑色眼影，以及帶著尖刺和鉚釘的皮短靴，「感覺髒髒的，很像街友。」

「這叫歌德龐克風，你這閉俗的臭蜘蛛！你的女友還是原本那位嗎？」紅葉的目光掃向丹絹的雙手。「要不要我送你一盒蒟蒻？」

「妳在暗示什麼！低級的傢伙！」

布拉德無視那兩人的打鬧，繼續和珠月對話，「真的很久不見了。繼上回大鬧夏格維斯莊園，這是畢業後第二次見面。」

「是呀。」珠月笑了笑，「聽說之前你有來找我，但那陣子我剛好回老家了，千里而來卻沒好好招待你，真的很不好意思。」

「無所謂，只是剛好路過罷了，不必掛心。」

「要怎麼做才會從加州內華達山不小心路過雲貴高原？」子夜好奇地發問，換來布拉德一記威嚇力十足的白眼。

「莉雅還好嗎？我以為你會帶她來。」珠月關切地詢問理昂。

「她現在的狀況，還不適合長途旅行。」

「妹控……」

「我聽見了。」

「要敘舊我不反對，但是先回答我，為什麼要約在這種鳥地方見面啊？」丹絹惱怒焦躁地張望著四周，手掌搓著手臂，彷彿空氣中有什麼令人不安的存在物。

「這裡是個大地標，很好找啊。而且又低調不顯眼。」

「妳不知道在繁衍的季節裡，晚上會有很多蟲子嗎?!還有剛剛我很明顯地看見並聞到草叢裡有狗屎！是狗屎！」

「噢，別客氣。把這兒當自助餐，吃個過癮吧。」

「丹絹也想要繁衍嗎？」留著齊瀏海、有如日本市松人偶的妙春，天真地問著。外表依然是十來歲的小學生樣子。

「剛才白樺樹上有隻屁股很大的母蜘蛛，看起來很會生。你要是不好意思開口的話我去幫你作媒溝通一下，收你仲介費六十歐元就好。」翡翠慷慨地說著，一臉「我懂你」的表情，拍了拍丹絹的肩。

「閉嘴啦！」

「為什麼要約在這詭異的時間點？派利斯難道沒教你們人類社會的基本禮儀

嗎！」外表年齡看起來和妙春差不多的寒川，不悅地斥責著。

雖然外出時他總是會維持著成年人的模樣，但此刻他卻顯現著自己真實的外形。一方面是因為這伙人早已知道自己的原貌，另一方面則是覺得，在他們面前，自己沒有偽裝的必要。

況且，有子夜在場，就算張開幻形咒語也會立即被破壞。

「耽誤到小孩子的睡覺時間真不好意思。會選這個時間點，主要是因為算了大家班機可以共同抵達的時間。況且要是再早一點來的話，恐怕會干擾到來這裡繁衍後代的情侶。」

「不准叫我小孩子！」

「好，那臭小鬼。」

「你說人類會在公園裡繁衍後代？這有蟲又有狗屎的地方？在這公開的露天場合？人類到底在想什麼！」丹絹不可置信地驚叫著。

「這裡的湖和花草也很漂亮。」子夜悠悠地開口，「還有松鼠，也很可愛……」

「你就只看得到狗屎和蟲子而已。」布拉德沒好氣地搖了搖頭。

「如果你好奇在露天場合繁衍後代的方式，我可以教你……」紅葉湊向丹絹耳邊，悄悄地說著。

「不用了！用不到的知識我不想知道！」

「知道之後就用得到了喔。」紅葉媚笑，「還是你想要和翡翠或布拉德一起？」

「啪啪啪。」珠月用力擊掌，讚賞地頻頻點頭。

「以薩呢？」

「他去挪威開會，說會晚點到，或許明天或後天會到吧。」

和白三角的最終戰役結束後，特殊生命體界的勢力也重新洗牌。原本是闇血族核心領導者的夏格維斯家族雖仍有一定影響力，但非龍頭。新興的克斯特家族，以族群互助為號召，統合各家族，成為新一代的權力中心。

「吶吶，先別管那些。夜市現在還開著嗎？雪花冰店呢？」手上握著從麥當勞買來的蛋捲冰淇淋，洛柯羅見異思遷地舉手發問。

「現在還開著，但是我們到了後應該關了。」

「是喔……」

「你就只知道吃！」寒川沒好氣地搖了搖頭，「剛才在百貨公司已經吃一堆東西了。」

兩人一同從夏洛姆出發，寒川自然地擔任起保母的角色，負責洛柯羅的飲食。雖然他非常不想，但是精靈女王委託夏洛姆照顧洛柯羅，他也只能認命接下。

洛柯羅撇了撇嘴，喃喃低聲抱怨，「寒川還不是一直在買紀念品，包包裡都是那個咖啡色的熊和黃色小雞……」

「不只如此，他的內褲也——」

「閉嘴！」寒川大聲斥喝，打斷子夜的話語。

一陣沉默。接著，熟悉而懷念的氛圍在空氣中擴散。

「大家都沒什麼變嘛。」紅葉輕笑。

特殊生命體之間的友誼，很少不隨著時間、空間的阻隔而疏離的。原本還以為幾年不見，感情會因此冷淡，以為這次會面，場面會非常尷尬。

但是，在見到彼此的那一刻，那股熟悉的感覺再度重現。就像回到五年前，還在夏洛姆時一樣。

「五年對特殊生命體而言很短。」理昂輕語。

「可是我怎麼覺得過了好久了？我好懷念你們。」洛柯羅坦率地說著。

大家都知道，這是因為某人的關係。

「話說那傢伙呢？遲到？」布拉德張望。

他們的「主角」怎麼不見蹤影？

「我沒通知他。正確來講，他不知道我們會來。」主導者小花坦言。

「什麼？」

「他從這個月的十一號開始，在附近的高中擔任老師。」

這消息讓在場的人錯愕。

「什麼？」

「老師？」

「這個國家的教育體系真是令人敬佩。」

「他不是才大四？可以就職了？」理昂質疑。

「只是實習，好像是某堂實習課規定要入校見習一個月，和正式的實習教師不太一樣。」小花淺笑。「竟然知道他大四，看來你一直都關心著他的狀況。」

「畢竟他們同房了三年，情感比其他人更加熾烈激昂也是相當合理的。」珠月以老生常談般的語氣，微笑著輕語。

理昂皺了皺眉，覺得珠月的用詞似乎不太對勁，但他選擇沉默以對。

「所以呢，妳把我們聚集起來，是為了偷偷觀察他？」

「妳在打什麼主意？」

勾起的嘴角有如新月，狡猾的貓兒咧起了奸黠的笑容。

早晨七點。天才亮沒多久，空氣中還帶著夜露的清冷，整個都市已經開始活躍，喧囂。通勤的人潮，在各個公車站、捷運站裡，駐足等待。等待上車，等待下車，等待再次揭開日復一日的忙碌。

學校的行政大樓，一早就像在打仗一樣。二樓辦公室整個打通，以擁有半圓形拱門的牆面區分出各個處室的區塊，形成一個互相連接的半開放空間。

教務處的人馬為了應付臨時請假的教師，搬出厚厚的課表，找出恰巧有空堂的人，並列印發送代課單，趕在第一堂上課之前發出代課通知。學務處人員趕著在鐘響之前準備好獎狀，集合安排好受獎學生。衛生組的人巡視著晨間打掃。

每個處室各自有要忙的事。辦公的聲音，加上打掃學生的交談與笑語，偌大的辦公室，一大早就鬧哄哄的。

相較之下，位於辦公室內側角落的辦公桌，桌面上擺著麥當勞套餐的桌主，顯得過分悠哉，過分從容。

七點三十五分。身為見習人員的賀福星，只要八點前到達就好，但是他習慣早點來，坐在辦公室裡邊吃早餐，邊使用學校的無線網路爽快上網閒晃。

啜了口熱紅茶，打開紙餐盒，在尚溫熱的鬆餅上淋上糖漿，拿起塑膠刀叉，將鬆餅切成小塊放入口中，接著勾起滿足的笑容。

哈哈……他好像貴族喔……貴族早餐才不吃這種東西。

福星悠哉地一邊吃著早餐，一邊看著忙碌卻不忙亂的人們，心裡由衷地佩服著。

雖說是實習，但是見習的成分大於實作。

大部分的時間他都在觀看，像黏在魚尾上的金魚糞一般，跟著處室裡的成員一起行動，參加大大小小的會議，或者跟著指導老師入班，像個學生一樣坐在教室一隅，觀摩各科老師上課——說是觀摩，但他覺得自己和臺下其他的學生沒啥兩樣。

他看到了不少東西，也睡了不少。有點無聊，卻是全新的體驗，感覺就像是以人類的身分，重新讀了一次高中一樣。

「賀老師，這份文件麻煩你影印兩百份，謝謝。中午前給我就好。」教務處教學組長拿了疊紙，笑呵呵地請託。

「喔好的！」福星接下文件。

他其實只是見習生，但這裡的人都很客氣地稱他是老師，讓他既興奮又有點不好意思。

早餐吃到一半，七點四十六分，離朝會只剩四分鐘，大多數的行政人員都離開辦公室了，福星所處的區域裡空盪盪的，只剩他一人。

悠哉地嚼著口中的鬆餅，環視著辦公室的空位，讓他想起國中時，因為體弱多病，所以有免參加朝會的特權。但是如果可以的話，他更想和同學們一起站在大太陽下，聽訓導主任講古訓人。

連接著外走廊的門扉被開啟，福星順勢轉頭。

沒繫領帶、衣服下襬拉出、耳朵打了一排耳洞、頭髮染成誇張金橘色的學生，一手插在口袋裡，一臉桀驁不馴地步入學務處。

福星挑眉。

這傢伙是大冒險輸了嗎，穿成這樣闖入學務處？

他邊吃邊觀察著對方，他對這學生有印象，一年級的，在他觀摩班級的隔壁班。叫什麼名字他不清楚，只知道似乎很有名，負面的有名。經常在校園裡到處遊走，結交朋友。

少年步入辦公室，東張西望了一會兒，像是在找人。確認自己要找的對象不在，他低咒一聲，接著便逕自走向辦公室的一角，背靠著資料櫃，雙手環胸，不耐煩地等人。

福星放下刀叉，轉身側坐，面對著這不速之客。

「呃，同學，請問找誰？有什麼事嗎？」是正宗的不良少年呢！在夏洛姆都沒有這類型的學生說！

國中時他曾經對不良少年感到嚮往，覺得那真是又酷又威的一個族群，和義大利的黑手黨一樣在政府管轄範圍之外，維持社會正義，對抗權威。

他曾經也想像那些風雲人物一樣叛逆，不照大人們既定的規範走，堅持著自我流的熱血，但他的叛逆，只限於上課偷吃東西，還有偷偷在老師的座位放屁這種等級而已。

雖然已經過了青春期，但他對眼前的少年極度好奇，加上雞婆的天性，讓他忍不住主動向對方攀談。

少年不屑地瞥了福星一眼，哼了聲，「教官叫我早自習來這裡等他。」

「這樣喔。」福星點點頭，轉頭又了一塊鬆餅到嘴裡，然後再次回過身，「我叫賀福星，是這個月初來學校見習的大學生。你叫什麼名字呀？」

少年冷冷地看了福星一眼，不回答。

福星不以為意地淺笑，回頭喝了一口紅茶，再次轉身。「你做了什麼啊？為什麼教官要找你？」

「干你屁事！」少年不耐煩地斥喝，以凶惡的眼神瞪著福星。

福星嘿嘿傻笑，回頭再咬了口鬆餅，轉頭，「雖然只是見習生，但勉強也算得上是老師呀，你有什麼問題都可以和我說，我會想辦法幫你的！」他努力地露出自信而和善的笑容，企圖營造出可靠大人的形象。

但是顯然沒用。

「你能幫個屁忙啊！」

福星微愕了一瞬，但臉上仍掛著笑容。「那個……不可以殺人喔。」

「我沒有！」

「是喔，那很好。」福星點點頭，思考了半秒，「也不可以趁游泳課的時候裝病留在教室裡偷聞女生的內褲喔。雖然人各有志，但是擅自拿他人的物品，可能會對失主的生活造成不便。想要什麼東西，自己去打工賺錢就是了，靠自己的努力而得到的果實，才是最甘甜的吶。」

他柔聲諄諄教誨，幻想著此時的自己應該有如慈母育嬰。預想著少年心中不悅的火苗，應該已被他的春風化雨給澆熄。

「我才沒做這些事！他媽的你腦子到底裝了些什麼！」少年的怒火明顯高漲，彷彿往燃著火焰的瓦斯爐上倒下一罐汽油一般。

「是喔。」福星再次點頭，「那你到底做了什麼？」

「結伙打架。」吐出答案的瞬間，少年的臉上閃過得意的神色。

「是喔，你打了誰啊？」

「二年級的學長。」

「為什麼？」

「他們動我們這邊的人啊！他們先嗆我們，我們反嗆，他們嗆不過人就先動手推我們的人！以為是學長就了不起，欺人太甚，我看不下去，就帶人去教訓他們！」

「是喔。」福星點點頭，沉默了幾秒。

說實在的，他不知道該說些什麼。感覺上，身為師長，應該要趁這個時候機會教育一下，講一些很有意涵、很有哲理的話語，來開導這名迷途的羔羊。

可是他真的不知道該說什麼。

他能理解對方的思維模式，就邏輯上來講，少年行為似乎沒有不合理之處。

如果是「老師」的話，大概就不會有他這樣的想法，能夠很明確地判別學生行為的是與非，給予糾正。

少年看著沉默的福星，眼底有些許不安，似乎對自己方才過於激動的言論感到後悔，後悔自己說了這麼多。

「嗯，所以——」思考了半晌，福星開口，「贏了嗎？」

少年微愕，有點不好意思地應了聲，「嗯。」

「不錯不錯，很熱血。」福星苦笑，「但是這樣子做，可能不太好。」

少年翻了翻白眼，露出「又來了」的表情。

「又要說教了？又要說什麼暴力行為會讓社會混亂、破壞秩序之類的屁話？」

「噢，不是。」他倒是沒想那麼多。

「因為你不可能每次都贏。你的對手不可能每次都和你一樣單純。」福星認真地說著。「而且照這模式去處理事情的話，到最後你會發現，如果想要貫徹你的正義，除了殺死對方，沒有其他辦法。」

「哪有這麼嚴重！」

「況且，沒必要為自己樹立敵人。真正傷人的不是打架，而是在對立的過程中傷害了人與人間的信任，為更多的矛盾及衝突埋下種子。」

福星想到了過去的白三角和特殊生命體，輕輕地嘆了口氣。

「等到驀然警醒時，你會對過去的所作所為感到深深地懊悔，接下來的一生，都會為了贖罪而活。」

少年突然惱羞。他不喜歡福星的口氣，他不喜歡這看起來明明沒屁用的實習老師竟然不怕他，不喜歡這看起來弱到極點的傢伙，在說出剛才那番話的時候，竟然看起來如此成熟堅強。

「不要講得你好像見過什麼大風大浪似的！我看你高中時也不過是個被班上冷落

排擠的角色罷了！你懂什麼！」

福星得意地哼哼傲笑，「哼哼哼，我拯救過全人類喔！」

少年搖了搖頭，輕蔑地嗤笑，「是喔，真了不起。」

「嘿嘿，其實也沒有這麼厲害啦。」福星不好意思地抓了抓頭。

少年翻了個白眼。

蠢死了，連諷刺都聽不出來。

「先別提什麼拯救世界。」福星繼續說著，「我覺得我高中生活中最棒的事，就是認識了一群伙伴，不管怎樣都會挺我的伙伴。我惹上麻煩他們會來幫我善後，遇到困難他們會陪我一起面對。」

「喔，然後呢？所以呢？」少年沒耐性，冷漠地應聲。

福星停頓了一秒，輕輕詢問，「你的伙伴呢？」

少年不語，像是被戳中要害的困獸一樣，轉過了頭。

他的伙伴，自稱肝膽相照的兄弟們，在出了事之後全都撇清關係，有志一同地把責任推到他身上。

這就是為什麼只有他一個人來這裡報到的原因。

「……你想嘲笑我就盡量笑吧。」

「幹嘛笑？又沒有笑點。」福星轉身，又起一整片還沒切過的鬆餅，「要不要吃鬆餅？」

少年遲疑了一下，接著像是為了證明自己的勇氣一般，走上前以兩指捏起鬆餅，豪邁地塞入嘴裡。

接著眉頭一皺，發出一陣低吼，「這什麼鬼東西！」

「那一塊糖漿有點少，所以我補了一些番茄醬。」福星悠悠地喝了口紅茶，拿起薯餅開始嗑。

「難吃死了！」

「是喔，我覺得甜甜鹹鹹又帶點酸，還頗特別的。」福星傻笑了兩聲，「加油啊。才一年級，還有很多時間去交朋友的。」

「沒機會了。鬧這麼大的事，一定會被退學。」

福星停下動作。「不會啦，沒那麼嚴重。」

「你又知道了！」

「因為教官沒通知家長。既然沒通知家長，應該只是口頭唸一唸，罰一下愛校服務就沒事了。」

「是嗎？」少年半信半疑。

「當然！我以前惹過的麻煩可多呢！」福星自信滿滿地說著，有如經驗老到的前輩。

「還有還有，等一下教官訓人的時候，態度要謙卑一點，臉上要有很悲傷的表情，頭低低的，好像真的很懊悔，可以的話最好擠出幾滴眼淚，祭出這招，可以讓說教時間縮短，威力下降四十趴，非常有效！」

這可是他累積無數經驗而磨練出的密技！

看著胸有成竹的福星，少年忍不住失笑出聲。「得意什麼啊……」

聽著少年的笑聲，福星的心情也跟著愉快了起來。

朝會時間結束，教職員們紛紛回到辦公室。少年被帶到隔壁的諮商室談話，離開辦公室的時候，他一直低垂著頭，滿臉悲慟懊悔，眼角還閃著淚光，彷彿為自己的行為深深懺悔、浪子回頭一般。

福星默默地在心中豎起拇指。

幹得好，孩子。

吃完了早餐，福星拿起桌上的文件，前往影印室。

印刷機嘎嘎作響，前方的口捲入一張張雪白的紙張，後方的口噴出一張張印滿黑字、花了的紙，感覺有點像在排泄。

看著窗外來來往往的學生，福星嘴角不自覺地揚起。他想起了夏洛姆的生活，想到了過去的伙伴。

五年了，自夏洛姆畢業之後已過五年。

第一年他在重考班中度過，接著他上了大學。雖然偶爾還是會和老友們聯絡，但是每個人都有各自的生活，他們無法像過去一樣整天混在一起，整天製造著數不完的歡笑。

他認識了新的同學和新的朋友，他在新環境裡和其他人相處融洽，但他怎麼樣都沒辦法找到在夏洛姆時和伙伴們相處的愉快，那種自心底感動的深切情誼。

他和新朋友們關係不錯，但是，他們之間無法構成羈絆。

轉眼間四年過去，大學生活再過不久就要結束。

這次畢業後，他要去哪裡呢？

他的伙伴們在做些什麼呢？

特殊生命體的年歲漫長，有很多時間可以消磨虛晃，凡事都不用急。但是，面對這樣的人生，他卻覺得茫然。

雖然他可以和其他同學一樣考教職或應徵教師，但是又覺得，這好像和他想做的事有點差異。

他連明年畢業後該做什麼都不知道了，要怎麼度過未來的幾百年歲月？

總不能當幾百歲的尼特族啃老族吧……

明明已經過了年少輕狂的年紀，為什麼他的內心還是有著無法名狀的悸動，鼓譟著他，讓他對平坦淡然的未來感覺排斥，渴望著掙脫不知名的束縛，催促著他去做些轟轟烈烈的大事業，做些離經叛道、讓人瞠目結舌的創舉！

福星搖了搖頭，甩開那些令他不安的念頭。

他在想什麼？

最終戰役都鬧成那樣，夠壯烈了。他的人生已經比一般人來得精彩了，他該知足了。平靜就是好事。

可是……平靜的生活，一定就是這麼無趣嗎？無趣到讓人感到孤獨？

「賀福星老師。」

叫喚聲從門邊響起，福星抬起頭，只見教學組長正一臉焦急地走入。

「今天陳老師請假，見習班的歷史課麻煩你上了。還有，順便麻煩你當他們班的代理導師。」

「什麼?!」

「第二節才剛開始上課，你還有一節課的時間可以備課，不用擔心進度的問題。」

「上課就算了，可是當導師——」

「放心，只要下課和中午時回班上看一看就好。」教學組長一派輕鬆地說著。

「可是我——」

他行嗎？憑他？當導師?!

他只有在某些戀愛遊戲裡玩過老師的角色，而且每次都走向足以觸犯誘姦罪的結局。這樣的他，要上臺當導師？

「校長直接下了公文，要你接任。」教學組長尷尬地笑了笑，「真的很不好意思，要麻煩你了。」

「這、這不太妥當吧，不是有其他老師可以代理嗎？這樣做真的沒關係嗎？我只是見習生耶……」

教學組長愣了愣，表情一陣恍神，像是在背誦東西一樣，喃喃地重複，「沒有問題的。今天陳老師請假，見習班的歷史課麻煩你上了。還有，順便麻煩你當他們班的代理導師。」接著逕自轉身離開。

福星站在原地，不可置信。

為什麼一個見習生的工作調動要勞煩校長下公文？為什麼他有種好像上了整人節

目的感覺？彷彿一個轉身就會發現有好幾臺隱藏攝影機架在暗處，等著拍下他上當的愚蠢表情？

雖然一頭霧水，又充滿不安，但他的心底還是有一絲絲的期待與欣喜。

他要上臺了呢。這是他第一次以老師的身分站上講臺。

感覺有點刺激。

過去的一週，他總是打鐘之後就默默地從後門進入教室，靜靜在門口邊的空位觀摩資深老師上課，感覺就像是個學生在聽課似的，但他關注的不是授課的內容，而是授課的技巧。

但他覺得自己觀察到的都是一些無關緊要的事。

比方說，某老師的口頭禪是「下邊」，某老師不高興時會咬下唇，某老師聲音突然變大之後沒幾秒，教室裡就會瀰漫著一股淡淡的硫磺臭。這點最離奇，他到第六天才恍然發現，這傢伙是用音量遮掩他的屁聲。

起初學生對教室裡的新人很感興趣，下課時會圍著他問東問西，但他的回答似乎讓這些年輕人感到無趣，加上某次下課時他坐在教室裡和學生聊天，被班導師看到，班導師冷冷對著全教室的人發出警告：「注意師學之間的分際！」

表面上是在訓斥學生，但福星知道，這是說給他聽的。那次之後，學生們都不太

敢和福星互動了。

今天既然導師不在，那麼他可以不用顧忌那麼多啦。

正是，山中無老虎，猴子當大王。

第二節上課鐘響。

福星抱著忐忑不安的心情，和一疊教科書，走向他當了一星期座敷童子的班級教室。

冷靜點，賀福星，不要緊張！

就想像成是在玩戀愛遊戲，只是他這次要攻略的是全班的學生，讓所有的人在放課後黃昏夕照的教室裡，靠在窗邊，如微風般地低喃宣告：「是老師的話，我可以……」

呃，好像不太對，算了，反正……反正橋到船頭自然直啦！

深吸了一口氣，從正門踏入班中。

一如往常，熱鬧喧鬧的教室在老師出現的那一刻，整個氣氛驟然冷卻，彷彿在觀看鋼管舞表演，跳到最火熱性感的舞步時，跳舞的辣妹卻露出了一大片駝色阿嬤內褲一樣，非常解HIGH。

三十雙眼睛盯著福星，福星不敢一一回視，自顧自地走上講臺。他可以感覺得到，臺下的學生似乎有點困惑，但沒人說話。這樣安靜的氣氛，讓福星手心盜汗，更加緊張了些。

站上講臺，福星努力地想揚起輕鬆的笑容，但不自然的表情反而顯得有點扭曲而猙獰。

他開口，聲音不自覺地上揚，帶有心虛的感覺，完完全全就是個緊張到極點的菜鳥。

「那個，今天王老師請假，所以這兩節是由我來上課，上歷史課，兩節喔！」福星盯著桌面開口，話語結結巴巴，詞句顛倒，透露出了緊張。

「噗……」

一陣嗤笑響起，在靜默的教室中格外響亮。

啊……被笑了……

振作點！賀福星！

他抬起頭，撐起了笑容，繼續說著，「還有，今天的代理導師也、也是我喔，所以——」

福星的笑容僵在臉上，雙眼瞪大，像是看見喝完的飲料杯底有隻死蟑螂一樣。

那是什麼？他看錯了嗎？

不可能，不可能在這裡的……

一切都是幻覺。

福星揉了揉眼，接著再次把目光移回底下的座位。

他所認為的「幻象」，依舊處在原位，坐在窗邊，手撐著頭，高雅而帶點慵懶地翻閱著桌上的課本。

「理昂?!」

這是在搞什麼？他還沒睡醒嗎？是哪裡出了錯？難道是因為在鬆餅上加番茄醬的關係？

「喂喂喂，太過分了喔。我們這麼多人分散在教室裡，你只看得見理昂？」嬌媚的聲音，不滿地發出抱怨。

福星循聲望去，只見媚豔的身影坐在教室正中央，有如女王一般眾星拱月，襯衫的釦子呈現一種岌岌可危的緊繃狀態。

「紅葉！」

不，不只紅葉，隨著他的目光掃過教室，他發現更多原本不屬於這個班級的「偷渡客」。

妙春、子夜、丹絹、翡翠、小花、洛柯羅、珠月……噢，還有布拉德，這傢伙像個痴漢一樣坐在珠月後方的位置，真是其心可議！

「你、你們、你們怎麼──」

「賀老師怎麼了嗎？」紮著馬尾的班長，不解地開口，「有什麼問題？」

「他們──」

「轉學生怎麼了嗎？」學生們一臉稀鬆平常的樣子，好像這些人出現在教室裡是理所當然的事一樣。

「轉學生？」

「有必要這麼吃驚嗎？」

「他們學期初就轉來了耶，賀老師你都沒發現喔？」

其他學生露出驚訝的表情。

福星挑眉，仔細地盯著學生，發現他們眼底有著一絲恍惚的茫然。

啊，好樣的，他懂了。闇血族的精神暗示加上擾亂記憶的咒語。

這些學生目前是處在半催眠的狀態，暗示將不合理的事合理化，並且以熟悉感作為包裝，讓學生對周遭的異常全盤接受。

很好。他了解狀況了──才怪！

「你們怎麼會出現在這裡?!」

「因為他們是轉學生啊，賀老師。」班長一臉怪異地看著福星，好像他問了個蠢到不行的笨問題。

「呃！不，這……我不是這意思……」

「賀老師，福星老師，福星是老師。」妙春甜甜地叫著，好像對這新稱號感到新奇有趣。

坐在妙春後方的子夜和往常一樣一臉淡漠超然，空蕩蕩的桌面上，放了一包衛生紙。

這是想怎樣——啊，他懂了！這傢伙想把衛生紙當成枕頭，趴在上面睡覺！

「賀老師，別在意那些細節，先把你該做的事做好吧。」布拉德雙手環胸，一副看好戲的樣子。

「是呀賀老師。」翡翠輕笑。「快點上課吧，別浪費我們的學費。」

「沒錯，快點傳授知識給我們吧！賀老……噗！」丹絹忍不住噴笑，手摀著嘴，低下頭因憋笑而顫抖。

笑個屁！太失禮了！看來剛才的嗤笑聲凶手就是這傢伙！

其他學生開始竊竊私語，似乎對福星的反應感到怪異。

不行，雖然這些學生已經受了暗示，但如果他不斷提出質疑、或做出不平常的反應的話，學生們腦中的催眠也會受到影響，出現裂痕，甚至自行解除。

這些傢伙到底在想什麼?!

雖然淨世法庭和特殊生命體界簽訂互不侵犯條約，但是條約裡有條規定，就是兩方人馬都禁止在公開場合曝光特殊生命體的存在！犯了這條規定是會被裁決團逮捕審判的啊！

總之，硬著頭皮上吧！這是他的課，他做主，他撐場！

「不好意思，早上醒來血糖有點低，一時頭暈，哈哈。」

「明明早餐就吃得超豪華的說……」洛柯羅不滿低喃，「有鬆餅和薯餅還有紅茶的味道。我只吃了一個福利社賣的皺巴巴又濕濕的草莓三明治，草莓醬超少，才薄薄一層，根本和塗防曬乳沒兩樣……」

「洛柯羅不要碎碎唸！別干擾其他同學！」

「喔！是的老師！」

「好，那麼我們來上課。翻開課本第四章，五十七頁。」

被伙伴這麼一亂，原本的緊張和惶恐頓時煙消雲散。比起站在臺上怯場的恐懼，他更擔心伙伴的胡來會引發嚴重的後果。

他必須讓這場鬧劇安安穩穩地演完……要是中途出差錯，那就悲劇了。

正要開始講課時，一隻玲瓏的皓腕高高舉起，對著福星招了招。

「有什麼事嗎？紅葉……同學……」

紅葉起身，合身的制服把她的曲線勾勒出來，而胸前的釦子撐到幾乎爆開，第一顆鈕釦因此無法扣上，露出若隱若現的粉嫩胸口。

「我沒有歷史課本，該怎麼辦呢？」

「沒關係，和旁邊的同學一起看。」

「噢。」紅葉發出了一聲有點失望的低吟，「真沒創意，我還以為老師會叫我放學後留下來，幫我課後輔導，順便處罰我呢。」

「不要亂講啦！妳想害我上新聞嗎！」

他都可以預想到報紙上會出現什麼樣的標題——「狼師假輔導，真撫搗，女高校生放課後慘遭辣手摧花」，然後還配上精美的動畫犯案流程圖。

紅葉笑了笑坐下，將椅子拉向一旁的男學生。

「不好意思，麻煩你囉！」

理著三分頭、戴著眼鏡、看起就是個老實宅的男學生，木訥地將課本整個推到紅葉面前，「不、不會，借妳看……」

「謝謝。」紅葉一手搭在課本上，身子靠向桌側，一手撐著頭，「一起看吧。」微敞的領口，直接呈現在對方面前，淡淡的女性香氣飄起，刺激著對方的感官。

男學生整張臉一路紅到耳根，全身僵硬。

福星無奈地嘆了聲，「那個，紅葉同學，請把妳的衣領鈕子扣好……」再不阻止，等一下那張課桌可能會浮起來。

紅葉無辜地開口，「扣不起來，再大一號的制服又太鬆。為什麼你們學校的制服要故意做這麼緊呢？你們是刻意用這種方式來促進交配率，舒緩少子化現象嗎？」

「沒有，妳想太多了！」福星鄭重否認。「那回到課本……」

「老師！午餐時間到了嗎？」洛柯羅焦急地詢問，打斷了福星的話語。

「發問前請舉手。」福星皺了皺眉，「現在才九點多，十二點才會有午餐。」

「那十點會有點心嗎？」

「你以為這是幼稚園嗎！沒有點心！」

「為什麼?!」洛柯羅發出不滿的質疑，彷彿路見不平的正義之士，「你們的教育部為什麼允許這樣的事發生？」

「不要問我啦！肚子餓的話自己去福利社買東西吃啦！」

「我剛去看過你們的福利社，實在有夠簡陋，」翡翠搖頭，不予苟同，「商品種類這麼少，怎麼能滿足消費者的需求？」

「因為學生是來學習不是來買菜！」

「我可以批一些貨到校內販賣嗎？」

「你覺得呢？——」另一隻高舉的手，抓住了福星的注意，「丹絹，有什麼問題嗎？」

「說到賣東西我想問一下。」丹絹放下手，侃侃開口，「我早上一路走來，看見很多賣早餐的流動攤販，然後在某些小學附近，竟然有人在賣蠶寶寶。那也是早餐嗎？」

「那不是吃的——慢著，你買了嗎？你吃了嗎？」

「當然沒有！」丹絹露出被冒犯的不悅表情，「吃蟲子是下層的野蠻精怪才在做的事！」

「啪啦！」

厚實木頭破裂的刺耳聲音，猛地從教室另一隅響起。

福星轉頭，只見布拉德手上拿著紅棕色的木頭桌面，既困惑又不耐煩地盯著半毀的課桌。

「你在幹嘛！為什麼拆桌子！」

布拉德不以為然地聳了聳肩，將桌面隨意地扔放在走道上，「你們的桌椅太矮太窄，我想調高一點……」

「那個不能調整！想辦法把它修好！」

福星的目光掃到前一個座位，瞬間石化。

看起來最安靜守本分、端坐在位置上不吵不鬧的珠月，正在閱讀著課外讀物。他不在意學生上課看課外書，沒有打擾到其他人就好，但是，但是——

「珠月，妳、妳在看什麼？」福星盡量讓自己的聲音聽起來緩和，但沒什麼用。

嘴角掛著詭譎笑容的珠月，聽到自己的名字，抬起頭，收斂起詭笑，換上平時溫柔婉約的淺笑。

「喔，這個是阿蘭借我的書。」她對著右後方戴著厚重眼鏡的女生點頭，對方回以心照不宣的笑容。

「你們的學生很友善呢！而且很厲害，這系列的書我找了好久都找不到的說。」

「是、是嗎？這麼快就交到朋友了呀……很、很好。」福星嘴角抽搐，勉強自己無視珠月手上的書封，好言相勸，「要看課外書可以，但是請不要把書立著……那封面有點驚人……」

「噢，我怕影響到其他人，所以立起來看。」珠月不好意思地露出個抱歉的笑容。

「妳影響到我了……」

他不想在上課一直看見被紅繩龜甲縛、全身噴灑著不明乳白液體、一臉升天表情的男人啊！他不想知道那男人兩腿之間的馬賽克底下塞的是什麼東西啊！

天啊！為什麼他有種瀕臨暴走的感覺！他好想翻桌——翻講桌！

角落位置上的人影，緩緩地舉起了手。福星望去，發現舉手的人是他當年的室友。

「理昂！連你也來亂嗎！」

理昂淡然地指了指前門，「門口有人。」

福星回首，只見教學組長正站在前門外，面無表情地看著福星。

「組、組長！」

啊！要死了要死了！他是從什麼時候站在門外的？剛才教室裡的混亂都被看見了嗎？

天啊，他會不會一回辦公室就被強制解職趕回大學，不僅這門實習課被死當，還背上損害校譽的臭名？

福星走到門邊，教學組長立即遞出一份公文夾。

「這是什麼？」

「校長公文。」教學組長一臉淡然地說著。

福星打開公文夾，微愣，「那個……是不是拿錯了……」裡面夾的是一張白紙啊。

「校長請你到校長室一趟。現在。立刻。」

教學組長像機器人一樣，彷彿在背誦課文般平板地說著，接著將頭探入教室，對著學生宣告，「這堂，自習。」

「什麼?!」

天啊該不會是被發現了吧？這麼誇張的行為一定會有破綻，一定會有人發現異常的啦！

天啊，他該怎麼辦？該怎麼幫同伴掩飾？他必須在伙伴們被盯上之前趕緊把事情搞定壓下。

福星回過頭，看著教室裡的伙伴們，故作輕鬆地笑了笑，「不用擔心，不會有事的。」

抱著忐忑不安的心，穿過重重走道。獨立於處室辦公室之外的校長室，出現眼前。

福星嚥了口口水，伸手握住冰涼的門把，轉開，低頭咬牙跨入門的彼端。

「校長，我──」

「不會敲門嗎？」

帶著諷笑的責備聲響起，相當耳熟的語氣。

福星抬頭，只見檜木大辦公桌上，放肆地擺著兩條交疊的腳。真皮旋轉椅上，坐著個矮小的身影。稚氣的容顏上，掛著不可一世的囂張笑容。

「寒川——」

「要加校長大人。真不懂禮貌。」

「你在搞什麼啊！」

福星衝上前，一把將寒川的腳推下桌，接著熟練地抽出口袋裡的衛生紙，往桌面猛擦，擦去寒川留下的鞋印。

「趁沒被發現快走！」

「你們校長身體不適，回家休息了。」寒川沒好氣地搖了搖頭，得意地宣布，「現在我是代理校長。」

「什麼?!」

「順帶一提，你們全校師生都中了暗示，所以完全不用擔心會引人注意。」

「什麼時候做的？」他怎麼完全沒發現？

「朝會的時候。集合的音樂裡雜入了咒語，人類聽見就會中招。」寒川得意地哼笑兩聲，「這可不是一般人能做到的大型咒語吶。」

「有必要玩這麼大嗎？」福星無力地吐槽。

「要做就要做個徹底。我們沒笨到觸犯和平條約。」

「你還有臉說，你自己就是裁決團的成員之一，還帶頭作亂。」福星喃喃抱怨。

啊，幸好如此，他可以不用擔心了。

校長室的大門再次開啟，原本應該待在教室裡的伙伴們魚貫而入。

福星嘆了口氣，「上課時不能隨意外出的。」

「放心放心，反正教室裡亂成一團，沒人在意。」翡翠一派輕鬆地說著。

「真是的……」

福星的目光移向理昂，理昂的表情雖然依然是一臉冷漠，看起來拒人於千里之外，但原本籠罩在他周圍的肅殺之氣已消失。

「現在還是白天，你這樣出來……還好嗎？」

不等理昂回答，翡翠逕自解釋，「是阻光凝膠，可以高效阻斷日光和紫外線。」他揚起得意的笑容，「是『我們』公司出品的東西。」

「公司？」福星挑眉，「你們真的去夜市擺攤了喔？」他想起卒業式那天，翡翠說過的話。

「並不是。」理昂立即否認。

在最終之役時，翡翠忍痛送給理昂的精靈族仕女美容聖品，擁有極致的防曬效果。事後理昂認為這東西有量產的潛力，便出資讓翡翠和他的族人研發凝膠，去年才找到可替代的低價原料，近期開始大量生產。

這商品只對特殊生命體界販賣，但在闇血族及其他夜行族裔間廣受好評，市場反應極佳。

翡翠簡單地解釋了一下狀況。

「哇……那還真了不起。」福星讚嘆，「太好了理昂！」

「嗯。」

「好久沒見到你了，沒想到這次會在白晝相見。」福星嘿嘿傻笑。

他想起數年前，伙伴們第一次來臺灣拜訪他時，理昂還無法見光，是被裝在箱子裡，像個禮物一樣被扛送入家中。

往事彷彿昨日才發生。

分離後的每一天，他不時地回想著過去的時光，回味著那些美好的歲月，讓他產生了離別不久的錯覺。

直到此刻再次相見，他才意識到，他們已經有很長的時間未聚了。

「好久不見。」理昂輕聲低語，淡淡的，沒有太多的起伏，但是他的眼底卻閃爍著明顯的笑意，既懷念又帶點悵然的淺笑。

「好久不見，理昂。」福星揚起笑容，緊張的心情鬆懈後，取而代之的是，見到睽違已久的伙伴的欣喜。「好久不見，大家。」

「是啊，五年了呢。」

「怎麼會突然一起過來？也不和我說一聲。」

「想說給你個驚喜呀。高興嗎，福星？」紅葉笑著拍拍福星的臉。

「嗯！」福星用力地點頭，由衷地開口，「我很高興！非常、非常高興！我好想你們！」

毫不掩飾，毫不委婉，內心的渴望和欣喜，坦然地呈現。眾人相視，沉默，任由那股注入心中的溫暖擴散蔓延。

「我們也很想你，福星。」珠月溫柔地笑道。

「反正閒得發慌，來鬧一鬧你也不錯。」小花跟著接口。

「而且我一直很好奇一般的中學生活是怎樣，剛好利用這機會來體驗一下。」丹絹老實地開口。「我很期待下午的化學課。」

「沒什麼特別的啦，而且臺灣的學校比較保守，你們可能會覺得有些不太自在。」福星停頓了一秒，「等等，你們要待到下午？」

「正確來說是待到放學。」布拉德賊笑，「要玩就玩個徹底。」

「請多指教喔，賀福星老師。」

紅葉拍了拍福星的肩，「接下來的幾節課，還有勞你關照了，賀老師。」

「但是，我只負責一節課而已……」福星不安地開口，「雖然午餐和午休時間也是我要管理，但是到下午五點半放學前，還有六節課……」

「五點半？連續上八堂課？」布拉德有點不可置信。

「是啊。臺灣學校都這樣啦，還有更晚的咧。」

他國中時也差不多是如此，原本放學後還補習過一陣子，但因為體力不支，去不到一個月就退掉了。

「正確來說，大東亞儒家文化圈都是這個樣子。」小花開口解釋，「晚上還有晚自習，而且放學之後大多數學生都會去補習。為了升學，為了確保日後有更安穩舒適的生活。」

「太噁心了，我聽到都反胃了。」布拉德對這樣的生活敬謝不敏，他調侃地對丹絹開口，「不過對你而言應該是天堂吧。」

「並不是。」丹絹斷然否定。

眾人微愕。

「追求知識本身是種高雅的樂趣，在追求知識時或許會帶來某些附加利益，但我不贊同將累積知識作為取得利益的手段。」丹絹義正詞嚴地說著。

一旁的理昂默默點頭，表示認同。

「丹絹……」福星崇拜地看著丹絹，「你好酷喔……」

丹絹被稱讚得一頭霧水，但仍然露出不可一世的得意表情。

「沒什麼，畢竟能夠達到這種層次的人並不多，一般凡夫俗子大多安於庸庸碌碌的生活——」

紅葉不耐煩地直接打斷丹絹的自戀發言，「好！既然福星沒辦法全天候陪我們，那大家就盡量自己找樂子吧。」

「了解。」眾人有志一同地點頭。

「不是這樣子的吧！」

下課鐘聲響起，喧鬧聲如潮水，從校園的各個角落擴散開來。

「解散！午餐時間回班上集合！」紅葉有如導遊一般宣布，所有的團員非常有效率地向外移動，開始「觀光」。

福星追在後頭，打算力挽狂瀾，阻止伙伴的行動。

「等一下、喂！你們——」

很可惜，無效。他只能眼睜睜地看著伙伴在走廊上各自散開，迅速地融入人群之中，只剩子夜和寒川還留在辦公室裡。

福星突然有種暈眩的感覺，無力地退回門內，頹然地跌坐入會客用的沙發椅裡。

他從來沒有這麼不安、這麼擔心的感覺。彷彿是家裡小孩走丟了的家長一樣。

他以前搞砸事情時，伙伴也是這樣擔心他嗎？

「啪啪。」

某樣扁狀的物體輕拍了福星的頭兩下。

福星回頭，只見子夜手中正握著一支不知從何處弄來的「愛的小手」，對著空中「霍霍」地揮舞著。

「不用擔心。」子夜悠悠地輕語，「不會給你惹麻煩的……」

「呃，我知道。」福星苦笑，「只是一下子發生了太多事，有點措手不及。」

「哼！畢竟你那麼遲鈍，會有這樣的反應也是很合理。」寒川雙手環胸，居高臨下地傲視著癱坐在沙發裡的福星，「需要我幫忙嗎？我現在是校長大人喔！」

「啪。」子夜揮動小手，往寒川的屁股上拍了一記。

「壞孩子。」

「做什麼！」

「那東西從哪裡拿來的？」福星好奇。

「剛經過辦公室順手拿的。」子夜理所當然地回答，同時又往寒川屁股上揮了一記。

「住手！」寒川惱怒地對著子夜怒吼。

「其他人來就算了，」福星坐直身體，好奇地望向寒川，「你怎麼也來了？」

「怎麼，不歡迎?!」

「怎麼會！」福星趕緊否認，不好意思地搔了搔臉，小聲開口，「我很高興呢。沒想到連寒川教授都來了，讓我有點受寵若驚……」

寒川錯愕了一秒，耳根微微發紅發熱，他立即以跩到不行的態度撇頭冷笑，「哼！很好，你確實該——該死的，打夠了沒！」他轉頭瞪向子夜。

「因為寒川心有邪念。」子夜一臉淡然地說完，又朝寒川的屁股上連續快速甩了三下。「你這個小淘氣，看我怎麼教訓你。」

福星抽了抽嘴角，「呃，你這句話是從哪裡學來的……」

「早餐店裡放的言情小說。」

「啪。」

寒川低吼了一聲，一把搶下子夜手中的愛的小手，憤怒地用力折斷，丟到地上。

「噢噢，壞掉了……」子夜輕嘆，「真是個淘氣的壞東西。」

「吵死了！」寒川沒耐性地瞪了子夜一眼，接著轉頭看向福星，「『見習生』，是不是該回你的工作崗位了？」

「喔，對喔！」他還沒把中午要開會的文件裝訂好。

福星發愣了幾秒，深呼吸了一口氣，起身，「那，我先離開了。」

子夜跟在福星身後。「一起。」

福星笑了笑，交代寒川，「如果遇到其他人，請勸他們回到班上，我會留守在那裡的。」

寒川坐回校長辦公桌後方，敷衍地揮了揮手。

「你也是，」福星好言交代，「如果無聊的話，附設幼稚園那邊有遊樂設施，可以去騎搖搖馬——」

寒川一手拍桌，一手指著大門，咬牙切齒下令，「閉嘴。滾！」

子夜跟在福星身後，兩個人靜靜地走著。福星的腳步非常匆忙，他想快點回到班上，看看他的伙伴們是否已回去。他想趕緊聚集起所有伙伴，把他們安置在安全的地方，直到放學為止。

倒也不是說學校不安全，況且，對特殊生命體——特別是他那群歷經過最終戰役的伙伴們來說，除非殞石砸落，否則他們絕對有辦法應付出現在這裡的各種情況與危險。

但是，他就是擔心。

說是為他人擔心，不如說是為自己擔心。

這是他的伙伴們第一次這麼深入地涉足到人類社會裡，他擔心……擔心伙伴們看見人類不堪的一面。

學校是社會的縮影，他很清楚現在這個社會是什麼鬼樣子。雖然學校比起社會較單純，但是，該有的扭曲及黑暗卻一點也沒有少。相較之下，沒有任何壓力的夏洛姆，還更為單純。

他不希望伙伴看見那些扭曲，不希望伙伴知道他所成長、生活的環境，竟然有這麼混亂複雜的一面。

思緒亂糟糟的，福星一個分神，踏漏了一級階梯，整個人向後仰倒。

「啊！」糟糕！

跟在身後的子夜立即伸手，扶住了福星的肩，讓他免於摔落地面的命運。

「呃！謝了。」

福星站定身子，尷尬地笑了笑，本想啟步繼續疾走，但是還沒踏出第一步，手臂就被身後人揪住。

「慢一點。」子夜從容淡然地說著，「一起，不然我跟不上。」

「喔，好……」

福星應了聲，勉強自己放慢腳步，和子夜並肩而行。

子夜握著福星，慢慢地走著。福星有點尷尬，但又不好意思直接抽手。

「那個……」兩個大男人牽著手走路，實在是太詭異的畫面。

「不用擔心，我身上有消匿存在感的咒語，一般人不會注意到我們。」

「噢，這樣呀。」

福星放心地點點頭，繼續走了幾步，赫然想到，就算一般人看不見，兩個男生手牽手還是很奇怪的事。

算了……

子夜的手冰冰涼涼的，就和他淨白如雪的外形給人的感覺一樣。為什麼會這麼冰呢？是天生就如此，還是因為身體不好的關係？

福星悄悄地打量著子夜。

子夜的外表幾乎完全沒變，和在夏洛姆時一模一樣，除了頭髮變長了，雖然正面看像是留短髮，但其實腦後留了條細長的雪白馬尾。

記得第一次見到子夜是在開學典禮上。子夜頂著一頭凌亂灰髒的長髮，獨自一人坐在新生席裡，沉浸在自己的小世界中。

他和子夜都是變異之子，但是他很幸運地生長在一個充滿愛的家庭裡，而且一進夏洛姆沒多久，就認識了一群好伙伴。

子夜也是他的伙伴之一，但是隔了一個年級，相聚的時光比起其他人少了許多。

「那個——」福星突然開口，他想和子夜聊天，但是一時間又不知道該說什麼。「那個，你突然來臺灣，家裡人有沒有要你帶名產回去呀？」

「沒有。」子夜平淡地說著，「他們不太理我。除了需要用到我的能力時會來找我之外，其他時間都放任我行動。」

說白一點就是沒有利用價值的時候，就和廢棄物沒兩樣，被人忽視的存在。

他習慣了。

甚至，他漸漸地開始能享受這種被放棄的自由。

「這樣喔……」啊，感覺不是個什麼好話題。「那，羽泰呢？」

「啊？」

子夜平淡的臉上出現了一絲情緒波動，眉頭微微皺起，「很吵。」

「我擅自跑來臺灣，他好像很不高興，一直打電話來。」

「因為他關心你。」啊，那個口嫌體正直的傢伙，怎麼還是一樣一點長進也沒有。「或許表現得有些笨拙，但是這份心意是真誠的，所以……你別生氣呀。」

「我知道。我沒生氣。」子夜停頓了一下，「你呢？」

「什麼？」

「我們擅自跑來臺灣，你生氣了嗎？」

「當然沒有！」福星連忙否認，「我高興得要死！」

「那，為什麼看起來如此焦躁煩惱？」

「有嗎？哈哈。」福星傻笑了幾聲，停頓了片刻，最後坦誠，「呃嗯，只是覺得，好不容易相聚，大家卻一下子就全跑散了，讓我有點……嗯……有點寂寞吧……而且，有點不好意思……」

他越說越小聲，越說越羞怯。

都這麼大的人了，怎麼還像小孩子一樣吶。

福星在心裡暗暗責備自己。

「為什麼會不好意思？」

「如果你們先通知我的話，我可以帶你們去其他地方玩。可是你們卻直接來到這裡。」福星苦笑，「這個地方，並不是那麼有趣，而且可能會讓人有點不愉快……」

相較於自由的夏洛姆，一般學校充滿限制及束縛。雖然表面上看起來和諧，但是不合理的隱性階級體制，還有各種人際互動產生出的扭曲情感和對立，潛伏在各個角落。

他不想讓伙伴看到這些。就像是在地人絕不會想帶外國賓客去參觀貧民區一樣。

「嗯。原來如此。」子夜點點頭，牽著福星的那隻手，輕輕地握了握，「這次來除了探望你之外，還有另一個目的。」

「什麼？」

「我們想多了解你的生活，想要了解你現在工作的地方，還有你過去是在什麼樣的環境學習、成長。」

「過去學習的環境？」

「小花說你是這間學校的國中部畢業的。」

「是喔……」

呃，他可從來沒和小花說過這件事。他不訝異那隻狡猾的貓妖能查到這些訊息，他只想知道，她用什麼方式查到的。

「嗯。」

「為什麼會突然想做這些事呢？」

子夜停下腳步，抿嘴不語，好像非常為難一般，發出低沉的呻吟聲。

「如果不方便講的話沒關係啦！」福星趕緊安撫，連忙幫子夜找臺階下，「最終之戰時我搞出那麼大的騷動，會對我的生長環境感到好奇也是很合理的啦！畢竟很少有特殊生命體像我一樣怪異——」

「不、不是好奇。不是因為那些事。」向來淡然如水的子夜，第一次出現焦急的神色。

他停頓了幾秒，低著頭，像是認錯的孩子一樣，小聲低語，「我們突然發現，過去都是你在努力了解我們，為我們付出關心，我們一直都被動地接受你的好意和付出，什麼都沒做，所以……」

所以，這次，他們聚集起來，換他們主動了解福星的過去、福星的生活。

福星愣愣。

只是因為這個原因？

「已經畢業五年了耶？」

子夜的頭垂得更低了，「……對。雖然特殊生命體對自身以外的事特別遲鈍，但是竟然花了五年才想到……」

福星訝異。

他訝異的不是對方花了五年才想到這件事，而是，對方竟然會想到這種微不足道的小事。因為連他自己也沒想過這件事。

過去，他對伙伴付出，並沒想過要任何回報，他只是自然而然地釋出善意，給予關切。

和伙伴們開心地在一起，這就是他最大的目的和回報。

「沒、沒關係啦！」福星不在意地笑了笑，「因為只是件小事，所以才會沒想到嘛，沒什麼大不了的！別擔心別擔心。」

「不是小事。」子夜繼續喃喃輕語，「我們都一樣笨拙，和羽泰一樣笨……這是我們表現關心的方式……」

福星盯著子夜，突然有種想大笑、又想流淚的衝動。

真是的……

就因為這麼簡單的理由，千里迢迢而來。

笨拙，卻令人憐惜珍愛。

他覺得自己很幸福。再一次地，慶幸自己擁有這些伙伴。

「謝謝。」福星搖了搖子夜的手，「我很高興。」

好吧，既然伙伴們有這份心，那麼他就放手靜觀吧，他等著看伙伴會有什麼樣的遭遇及收獲。

只是……他的心底還是有些許擔心。

希望不會鬧出人命……

紅葉有如女王一般，降臨在教學大樓的穿堂上。雖和其他人一樣穿著雪白的襯衫、黑色百折裙，卻像團明豔的火，熾烈奔放，招引著眾人的視線。不論男女，全都投以憧憬崇拜的眼神。

紅葉一邊走一邊享受著路人的注目禮。偶爾會和某些盯著她看的學生對上視線，她回以笑容，對方卻羞怯地撇開頭，不敢再直視。

「臺灣的學生都好害羞喔。」紅葉呵呵笑著。

「因為紅葉姐姐太漂亮了！」

「一定要這麼招搖過市嗎？」丹絹不滿地喃喃抱怨，「比起華而不實的美貌，內在的學識涵養才是值得尊崇的。」

「華而不實的美貌？」紅葉媚笑，「所以你還是承認我很美麗嘛。」

丹絹用力地冷哼，「我認為，會被視覺這種感官給迷惑的人非常庸俗愚蠢。」

「是嗎？」紅葉不以為然地笑了笑，「單純的笨蛋，有時候比自以為是的聰明人還討喜吶。」

丹絹愣了愣，正要再次開口，話語卻被迎面而來的惱怒的斥喝聲打斷。

「這是什麼穿著！站住！哪一班的？」

穿著體育服、頭頂微禿、小腹臃腫的中年男子，眉頭皺到幾乎豎立，極度的憤怒展現在臉上。

其他學生紛紛走避，但也有不少人退到安全範圍內的角落裡，坐壁上觀，等著看好戲。在無聊封閉的校園環境中，他人的不幸，是最好的休閒調劑品。

「啊，是生輔組長……」

「那個瘋狗又來亂咬人了……」

學生們的竊竊私語，傳入紅葉敏銳的耳中。

紅葉看著對方，笑了笑，「你在和我說話嗎，生輔組長……大人？」她禮貌性地加上了敬稱，聽在對方耳裡卻像是嘲諷。

「不是妳還有誰！嘻皮笑臉！不知羞恥！」男子怒斥，伸手指了指紅葉的領口，「妳的領結呢？」

紅葉低頭看了看，「喔，拆掉了。」因為制服太緊。

「領結代表著純潔、貞淑和自制。妳竟然隨便拆掉?!」

「啊呀，純潔那種東西，我在日本泡沫經濟的年代就不知道丟到哪去了。」紅葉像是聽見笑話一樣地大笑以應。

生輔組長不可置信地咆哮，「不知羞恥！社會的垃圾！妳這樣和娼妓有什麼兩樣?!」

丹絹聞言皺眉。

紅葉的言行雖然豪放，但他認為用這種詞彙來辱罵也太過分。況且紅葉還沒真的發揮出「不知羞恥」的那一面。

「只不過是領結罷了，沒必要這樣說吧？」紅葉的笑容收斂了些，換上客套的淺笑，「況且，蝴蝶結通常不都是綁在禮物上嗎？」

她將手伸入口袋，抽出蝴蝶結領帶，圍上領子。

「禮物，包裝得再漂亮，到最後都是要拆開的。要我們繫著這東西，不是鼓勵大家拋棄貞潔，逼良為娼嗎？」

「妳——」生輔組長惱羞至極，下意識地舉起手，要往紅葉臉上揮去。

但是高舉的手停在空中，像是被看不見的力量給箝制住一般，無法動彈。

紅葉發現，有條細白到幾乎透明的絲線，纏繞在那高舉的手上。

「呃？」生輔組長微愕，接著感到頸後一陣刺痛，意識逐漸陷於恍惚。

「不好意思，下次會注意的。」丹絹對著組長隨意地鞠了個躬，拉著紅葉和妙春快速離開現場。

「小蜘蛛，你做了什麼？」紅葉好奇發問。

「麻痺了他的神經，讓他暫時恍神。」丹絹不悅地斥責，「臭三八，要胡鬧也看一看場合！剛才那傢伙都氣到充血了。」

「喔，看得出來。」紅葉回頭，盯著對方的胯下。

「是腦充血！」

「噢，開玩笑的嘛。」紅葉嬌笑。

其實丹絹不用出手的，那種拳頭很容易閃開，就算真的挨了揍，也不痛不癢。

丹絹皺眉，「妳為什麼不能正經一點。」

紅葉聳聳肩，「吶，丹絹，想拆禮物嗎？」她扯了扯剛剛隨意繫在頸上的領結，「裡面有蕾絲喔。」

「不要鬧了。」丹絹不耐煩地啐聲，「不需要把自己搞得那麼淫蕩。」

「我是呀。」

「不，妳是放蕩。放蕩和淫蕩不一樣。」

紅葉挑眉，「我以為你會認同他說的話。」

丹絹冷笑，不屑地嗤了聲。

「他講的話沒有邏輯和道理。貞淑純潔是內在的氣質，應該是由內而外的。靠約束外表，企圖引發這種氣質是本末倒置。德拉克洛瓦的名作〈自由領導人民〉描繪法國大革命的場景，畫中的克拉拉・萊辛一手握槍、一手舉旗，領導著革命軍。她的衣衫不整，胸前袒露，卻不會讓人覺得猥褻或情色，而是展現出崇高、堅定的聖潔氣質……所以，我覺得……」

丹絹的話語開始有點結巴，因為紅葉一直盯著他看，讓他莫名地覺得有些手足無措。

「所以呢？」

「所以我認為是否純潔、是否端莊，是和內在氣質有關，和穿著沒有必然關係。」丹絹一口氣說完，下意識地迴避紅葉的眼神。

紅葉咧開笑顏，燦爛絕美的華豔笑靨，「丹絹，你真是個好人。」

「我只是討厭沒邏輯的愚蠢言論。」丹絹露出不以為意的表情。

「可是，」始終沉默的妙春，小聲地吶吶低語，「為什麼要用那麼難聽的字眼來罵人呢？好凶喔……」

「這就是人類社會好玩的地方啊。」紅葉倒是很樂觀。「那，接下來要去哪裡晃？圖書館嗎？」

「妳想去圖書館？」丹絹有點訝異，有點驚喜，因為他正打算去圖書館消磨時光。

「反正沒事，而且圖書館冷氣很強又安靜，去那裡休息也不錯。」

丹絹皺眉，翻了翻白眼，「多讀點書、累積知識，對妳有好處……」

「無所謂。」紅葉笑著走在前頭，「反正，有你在就夠了。」

小花和珠月一離開辦公室，便直接前往綜合大樓的社團教室。

珠月剛才在課堂上結交到的同好阿蘭，是某個社團的社長，阿蘭告訴她，社團教室裡有更多寶藏可以挖，於是兩人便理所當然地準備前往聖地朝聖。

布拉德、翡翠和洛柯羅跟在珠月和小花後頭，後兩者純粹是因為暫時沒地方想去，而前者的理由則是「恰巧同行而已」。

珠月拿出阿蘭給她的鑰匙，打開社團教室。

教室內乍看之下非常整潔，兩側的書架和櫃子都是書，所有的空隙都密實地塞滿了書。中央放了兩張大長桌，最裡側擺了三四個畫架，架上有畫，畫上以白布蓋著。

「感覺還不錯。」珠月走向書櫃，瀏覽著架上的書。雖然看起來從容平淡，但是她的眼底，閃爍著前所未有的光彩。

「這是什麼社團啊？」洛柯羅好奇地張望著。

翡翠抬頭，看向放在桌面上的社團記錄簿，唸出上頭印著的名字，「人體美學研究社……」

他停頓了一秒。

直覺告訴翡翠，這個社團絕對沒有這麼單純。同時，直覺也告訴他，他最好快點離開這裡。

「那個，大家如果覺得無聊的話，可以去做自己想做的事，不用勉強留在這裡喔。」珠月好心地提醒。

「沒關係，在這裡就好。」布拉德禮貌地笑了笑，拉開椅子拘謹地坐下。

小花逕自走向矮櫃，抽出一本攝影作品集翻閱。珠月也想拿下架上的書來看，但是教室裡的其他訪客讓她不好意思太過發揮本性。

「好多書喔。」洛柯羅起身來到書櫃前，好奇地觀看著。

「我建議你最好不要亂動這裡的東西。」翡翠低聲提醒。

「我又看不懂，我的華文讀寫不像你們那麼好啦。」

洛柯羅低頭盯著書側的書名，下意識地喃喃唸出他認得的字。

「監……禁……強……蜜……蕊……姦……肉奴……」

他停頓了一下，興奮地開口，「啊！這本的話我會唸！是性奴縛姦！」

眾人微微一震，全都非常有默契地假裝沒聽見。

「看不懂就不要看，坐好。」翡翠出聲制止。

「喔，我唸錯了嗎？」

「沒有，你唸得很正確。」因為正確所以才有問題。

「人體美學研究社是幹什麼的啊？」洛柯羅好奇。

「研究人體的奧妙與美。」珠月解釋，「聽阿蘭說，這是從漫研社分支出來的，除了動漫ＡＣＧ之外，對小說或三次元裡的人物也有所研究，廣泛地欣賞品評各種領域中的人體之美。」

「是喔。」洛柯羅聽不太懂，但仍假裝明白地點點頭，「這裡有放畫架，所以除了研究之外，也有自己動手創作囉？」

「是的。」

「好厲害喔，自己動手畫畫耶！」洛柯羅走向畫架，「都畫些什麼呀？是像〈維納斯的誕生〉那種美麗的人像嗎？」

他伸手，準備揭開罩著畫的白布。

「洛柯羅！不要——」

翡翠和布拉德同時出聲，但慢了一步。

白布的一角被向下扯，雪白的布幔有如融雪滑落畫架，展露出被遮埋在潔白布匹後方色彩鮮麗的圖。

非常美的圖，畫工精細，用色華美，光影掌握準確——主題卻是讓人無法正視、充滿淫靡妖異氣息的肉欲橫流的景象。

看著那展露的畫面，室內瞬間靜默，那種所有的人都石化僵死的沉默。

只有小花仍然自顧自地看著書，無視身旁的騷動。

「這幅畫……」洛柯羅難得結巴，「好、好特別喔……」

看來連那天真傻愣的洛柯羅，也被震撼到了。

翡翠揚起僵硬的笑容，倏然起身。

「我有點想去外頭逛逛，不好意思打擾了。」接著望向布拉德，「布拉德要一起走嗎？」

「沒關係，謝了。」布拉德的臉色很糟，但他仍堅定地撐著，「我還可以……」

翡翠對同伴投以敬佩的眼光，隨即領著洛柯羅，一同離開社團教室。

兩人離開後，珠月把布蓋上。

「你還好嗎？」珠月詢問布拉德，自嘲地苦笑，「呃，我知道這些東西一般人可能不太能接受，這是很正常的……」

「沒關係。」

布拉德起身，幫忙把布的末端拾起，拉正。「那個……我想多了解……多了解妳……」他小聲低語。

「布拉德想多了解？」珠月眼睛一亮。「布拉德！你是說真的嗎?!天啊！太棒了！」

「呃！不，我的意思是——」他是想要多了解珠月啊！

但是不給布拉德解釋的機會，珠月已逕自從書櫃上抽出好幾本書，攤在布拉德面前。

「你喜歡哪一種呢？清水向？還是重鹹一點的呢？噢，先從屬性開始好了，布拉德喜歡哪一種個性、哪一種特質的人呢？」

「呃，不，我——」

布拉德本想否認，但是看著一臉興奮欣喜的珠月，他實在無法狠下心潑她冷水。於是，他咬牙，有如壯士斷腕一般，「妳喜歡的，我都喜歡。」

「啊呀！布拉德真是的……」珠月笑彎了腰，伸手搭上布拉德的肩，輕輕地拍著。

珠月軟嫩嫩的手放在肩上，布拉德覺得肩膀好像著了火，火燄一路蔓燒到耳根和腦袋。

啊……值得了……

坐在一旁的小花抬眼，看了一臉幸福的布拉德一眼，嘴角勾起淺笑。

只要這樣就夠了，靜靜地觀看著喜歡的人。

布拉德的一切，她都喜歡，包括以笨拙的方式暗戀著珠月這點，她也覺得喜歡得不得了。

布拉德就是要這樣才是布拉德。這樣就好。如果這樣靜默地觀看就能感到滿足，何必擁有整個人呢。

離開社團教室後，翡翠和洛柯羅兩人漫無目的地在校園裡遊晃。

一路上，兩人都沒開口說話，因為方才的震撼太過強烈，讓人一時間只想沉浸在單純的沉默之中。

「翡翠。」洛柯羅忽地開口。

「幹嘛？」

「人類真是神祕難測的生物。」

翡翠停頓了一下，腦中閃過剛才的畫面，打了個寒顫，「嗯，是啊。」

「翡翠，我餓了。」洛柯羅摸了摸肚子，「可以吃午餐了嗎？福星說中午會有人送飯來。」

「才十一點多，還有一個小時才到午餐時間。」翡翠偏頭想了想，「但是送餐的車子應該已經到了。」

「餐車！」洛柯羅露出期待的表情。「裝滿食物的車子嗎？」

「是啊。餐車應該會停在中庭廣場，過去看看，或許他們會給我們一點吃的。」

來到目的地，運送午餐的貨車果然正停駐在中庭前的空地。工作人員將一桶桶裝著食物的餐桶搬下車，再按照牆面上標示的班級安放。

洛柯羅和翡翠趁著工作人員折返卸貨時，溜到角落，打算先行「試吃」。

「全校這麼多人都吃這個，可見一定很美味！」洛柯羅期待地蹲在角落嘀咕。

「是啊。」翡翠不在意食物的味道，而是盤算著未來是否可利用這管道賺錢。

「能夠讓這麼多人訂購，一定是很有魅力的餐點。」

他一定要拜見一下，偷學個兩招回去。

兩個人一人搭上一桶餐桶，互看了一眼，接著同時掀開蓋子。

「讓我來瞧瞧——呃嗯？」

期待和興奮的神情在看見桶中物的那一刻，瞬間僵硬，隨即轉為困惑，最後變為震驚。

「搞錯了吧？」翡翠挑眉，像是要驗證一般，連續開了好幾個餐桶，但菜色都一樣。

「怎麼整桶都是菜？」洛柯羅的臉色變得和桶子裡泛黃的白菜一樣，「而且是溼溼爛爛的菜。」

「這桶是肉。」翡翠搖了搖頭，「這肉有一半是骨頭，而且已經不熱了，等一下端到班級上會變得更涼吧。」

「怎麼會這樣……」

「喂！你們在那邊幹嘛！」提著餐桶的工作人員發現洛柯羅和翡翠，斥喝，「還沒到抬餐時間——呃？外國人？」

「我們是交換學生，新來的。」翡翠立即起身，施展催眠暗示。

「喔，好像有聽說過……」工作人員恍惚，茫然地點點頭。

「學生每天都吃這些嗎？」翡翠接著發問。

「是啊。今天還加料呢，是玉米濃湯喔！」工作人員獻寶似地說著。

「一定要吃這個嗎？」

「沒有，可以自由選擇要訂餐或是自己帶便當。不過大部分的人都直接訂餐，省得麻煩。」

翡翠點點頭，接著拉著一臉哀憫同情的洛柯羅離開。

「我肚子餓了，但是我不想吃那個。」洛柯羅悶悶地低語。

「我也不想。」

「臺灣的食物明明很好吃的，為什麼這裡的學生會喜歡吃那種東西呢？」

「我想應該只是沒其他選擇，所以將就妥協了吧。」

「好厲害。」洛柯羅無法想像對吃這件事妥協。「那現在怎麼辦？」

翡翠勾起笑容，「來拯救他們的味覺吧。」

福星和子夜坐在辦公室的一隅，整理會議用的資料。子夜很安靜，而且動作很快，沒兩下就把一疊疊的資料分類好，福星只要負責裝訂。上課時間，辦公室裡沒什麼人，非常安靜。

「福星。」

「嗯？」

「你以後要做什麼？」

「還不確定耶……」

他有修教育學分，也喜歡學校這個環境，但是他知道，如果要在人類學校擔任教職，他必須對部分既有的制度和文化妥協。

他想要陪著不成熟的心靈成長，想要守護那些單純而具有可塑性的孩子，但是他又不想待在這種不健全的教育體制之中。

隨著畢業將近，他心中的不安與茫然日漸增加。只是這回他不知道，這股不安與茫然自何而來。

「子夜，你最近都在做什麼啊？從夏洛姆畢業之後，或者進夏洛姆之前。」

「活著。」

「什麼？」

「沒有特別的事，就只是活著。有時候應付村裡人的挑釁，或者幫忙祭祀。其他時間我都待在山上。」

「這樣不會很無聊嗎？」

「福星，」子夜停下手邊的工作，「你的步調太快了。」

「啊？」

「特殊生命體的生活步調和人類是不一樣的。硬要切換成另一種生活模式，只會讓自己錯亂。」

「什麼意思？」

福星本想追問，但辦公桌上的電話此時正好響起。他停下話題，接起電話。

「賀老師嗎？」

「呃，我是。」福星認出那是學務主任的聲音。此外，他還從聲音裡聽見濃濃的不悅。「怎麼了嗎？」

「貴班的學生剛才翻牆出校。」

「什麼！」

誰啊？都已經夠混亂了，怎麼還有人趁亂作怪？是哪個學生啊！

「出校就算了，還買了一堆食物回來兜售給其他同學。幸好其他老師發現、向我通報，讓我即時阻止了這麼荒謬的事！我剛把那兩個傢伙訓了一頓，叫他們回班上，但忘了問名字。」

福星長嘆一聲，「呃，我知道是誰了……」

好樣的翡翠，連這個時候都不忘做生意撈錢！

學務主任又嘮叨了一陣。福星握著電話，不斷地道歉鞠躬，完全忘了對方根本看不見。

掛上電話後，福星前往班級教室。子夜留在辦公室裡，幫福星完成剩下的裝訂工作。

已是上課時間，學生都已歸位，心不在焉地聽著課。

福星站在教室後門向內探看，有幾個位置是空的，那些「偷渡」進來的超齡中學生都不見人影。只剩理昂一人，依舊坐在角落的位置上，靜靜地看著書。

理昂的周圍似乎有一道無形的牆，阻斷所有的聲響和騷動，兀自靜處於自己的小空間裡。

福星想起了在夏洛姆學習的時光。

共同必修課時，理昂不喜歡坐得太前面，但也不喜歡太後方太角落的位置。他喜歡坐在中後段不顯眼的位置，然後靜靜地做自己的事。

福星知道伙伴的習慣，所以每次都會自動幫理昂占好座位，其他伙伴也跟著坐在同一個區塊附近，大家笑笑鬧鬧地度過每一堂課。

福星看著理昂，突然內心湧起一陣難以言喻的不適與鬱結。

他一直有種茫然的感覺。

他回到人類的社會後，看起來融入得很好，但是他的內心之中，卻又有種異樣的違和感。

他好想坐在理昂的身邊。

他好想再回到那個大家聚在一起、有著共同目標、一起生活的時光！

這樣的想法，是不是太幼稚了呢？他已經是成人了說，怎麼還像小孩子一樣任性……

他無意識地發出一陣長長的低嘆。

不知道是感覺到了什麼、聽見了什麼，低頭看著書的理昂忽地抬首，回頭一望，正好看見站在後門的福星。

福星微微一愣，接著像是做壞事被抓到的小孩一樣，作賊心虛地乾笑，對著理昂揮手。

他心虛個屁啊。他現在是「老師」，是成人了，幹嘛提心吊膽像在做賊一樣。

理昂看了福星一眼，接著回過頭，將桌上的書闔起收入背袋中，接著逕自起身，朝後門走去。

「那位同學有什麼事？」講臺上的老師，以及其他學生，對理昂突如其來的舉動感到訝異。

「什麼事也沒有。」理昂開口，帶著磁性的嗓音有如漣漪，一圈圈擴散，震盪迴響入每個人的耳裡、腦中。

「喔。」

老師點點頭，繼續講解著課文內容，其他學生也繼續自己手邊的事，彷彿什麼事也沒發生一般。

「你不用出來啦。」福星不好意思地笑了兩聲，「我只是來看一看而已。」

「無所謂。」理昂盯著福星片刻，「圖書館在哪裡？」

「喔，我帶你去。」福星啟步領著理昂前進。

上課時間，大部分的師生都待在教室裡。走廊、穿堂間，都空蕩蕩的，沒什麼人。

「哈，我們好像在蹺課喔。」福星笑著開口。

「怎麼了？」理昂輕聲低問。

「喔，還不是那個奸商害的，他剛才帶著洛柯羅偷跑出去買東西，被學務主任發現，所以我——」

「我不是問那個。」理昂打斷福星的解釋，「我是問，你怎麼了？」

「什麼？」福星一時沒反應過來，不懂理昂所言為何。「我很好啊。」

理昂沒說什麼，靜靜地繼續自己的腳步。

他知道，他的伙伴很遲鈍，現在還沒搞清楚狀況。他也知道，說得太多追問太多，只會讓這個直線思考的傻子更加困惑，說出些答非所問的答案。

他知道，這個時候安靜就好。這段沉默的期間，福星會反覆思考這個問題，沒多久後，便會自己講出心聲。

兩個人安靜地走著，穿過長廊，穿過廣場。

「那個，你覺得今天有趣嗎？」福星忽地開口。

「還可以。」

「喔……」

「你覺得呢？」

福星抓了抓頭，勉為其難地開口，「呃，雖然你們來找我，我很高興，但是這樣胡搞，似乎太冒險了……」

「冒險？」理昂輕笑，「穿越時空、潛入敵方陣營、阻止過神獸作亂的你，現在竟然認為，帶幾個校外生入校，這就是『冒險』？」

「我不是這個意思……」福星隨口回答。但他其實也不知道，他心裡想的是什麼意思。

理昂的話，切中了他心裡一個無法名狀的角落，一個令他難受、有如隱刺的角落。

「所以我才問，你怎麼了？」

「啊？」

「你在糾結什麼？」理昂在轉角處停下腳步，轉身，剛好和福星面對面，「你看起來似乎很困惑，似乎陷入深沉的矛盾之中。」

福星抬眼看著理昂，片刻，漾起微笑。

啊，這傢伙，也學會主動關心人了吶……

該不會喝了酒吧？

「不要胡思亂想。」理昂像看穿了福星的思緒，皺眉提醒。

福星不好意思地抓了抓頭。

他停頓了片刻，開口，「我也不知道，不太會描述……」

理昂向後走了幾步，背靠著牆。福星跟上前，並排在理昂旁邊。

「最近心裡一直有一種茫然的感覺。」看著大樓與大樓間，夾縫中的藍天，福星悠悠輕語，「莫名其妙地不安，還有不滿，很想要狠狠地甩開一些既有的東西，想要叛逆，想要做自己想做的事，想要掙開束縛。但是我不知道，束縛著自己的是什麼……」

明明就很自由，為什麼會覺得不安、覺得受限呢。

「你想要做什麼？」

「老師吧？或者一般上班族也可以……」他答得很不確定。

他喜歡校園生活，他喜歡看著他人改變，看著不成熟的靈魂成長。但是，他不確定成為一個人類社會裡的教師，是否真的能實踐他的期望。

他在人類的社會適應良好，他筆直而穩定地走在一般成年人類該走的道路上，但是他又不甘於平淡。

這樣僵化的生活，讓他有種喘不過氣的窒息感。他想要冒險，想要做更多有趣的事，他想要更加不穩定、更加精彩的人生。然而他的理智告訴他，他已經過了作夢和冒險的年齡。

這樣的心情像沾黏到身上的蛛絲一樣，若有若無地纏裹著他，讓他想撥開這些煩惱，卻又抓不著摸不到解開的方法。

「理昂，你這幾年都在做什麼？」福星轉頭望向理昂。

「整頓家族，照顧莉雅，還有和翡翠合資研發阻光凝膠。」

「聽起來真充實。」福星羨慕，「那在更早之前呢？進入夏洛姆之前？」

理昂沉默了幾秒。「想盡辦法復仇……」

「喔……」福星點了點頭，「那在更早之前呢？特殊生命體平常都在做些什麼？」

雖然他家裡有三個特殊生命體，但是他不知道在他和芙清出生以前，老爸和琳琳是在做些什麼。

「做我們想做的事。」

「啥？」這答案太籠統了吧。

但是他之前問過老爸和琳琳，他們也是給了一樣的答案。那時他還以為對方只是隨便回答，應付了事。

「特殊生命體大部分不住在都市，因為生活步調太快。這麼緊湊的生活，對於有著上百年壽命的他們而言，是種浪費。」

理昂繼續開口，「我們可以花一整個月的時間一邊欣賞風景，一邊緩緩地登上高山的山頂。然後再花一整個月的時間，待在山頂上，一整天看著流雲捲日月，看著風行草偃。」

「不會無聊嗎？」

「不會。很有趣。」

「感覺很浪費時間。」

「你不能拿人類的時間觀來審視特殊生命體。人類的生命有限，大部分人類在他們理解到自己想要追求的事物是什麼時，已經太遲了。所以為了保險起見，人類會讓他們的後代走一條相較之下安穩的道路。」

安穩而平庸，不會有大風大浪、大起大落，但也相對平淡，難有刻骨銘心的悸動與精彩。

人類的生命有限，每分每秒都必須投資在最安全的選項上。

「你不是人類。你擁有在他們眼裡幾乎是無盡的年歲可以花費，你可以做各種嘗試和摸索，但他們只能做出一個選擇，選擇了某道路之後，就必須一路跑下去，很難轉換。轉換軌道的風險太高，迎來的不是崇高的榮耀，就是萬劫不復的失敗深淵。

「人類的年歲成長得非常明顯，特殊生命體則否。心智年齡影響外表，就算是個上千歲的老者，也可以透過異能力讓自己的外表看起來青春。一般而言，特殊生命體成長得比人類慢，到了一定年齡之後，老化的速度開始衰減，到幾乎停滯的狀態。

「你才二十五歲，二十五歲對於很多特殊生命體來說，還處在孩童階段，差不多是人類五、六歲的狀況。」

福星想到妙春。印象中，妙春應該已經五十多歲了，但是看起來還是像個快要上國中的小學生。

「你成長得太快了，福星。」

「這樣喔……」

是這樣的嗎？所以，他還不用急著成為「大人」？這樣會不會感覺不太負責任，好像是在逃避？

「不用覺得自己必須表現得多好，不需要勉強自己去成為某種形象的人。就算是人類也一樣。」理昂輕輕提醒，「順其自然，自己開心就好。」

福星轉頭，直直地望著理昂。

理昂看著福星，不習慣被那樣澄澈的眼眸凝視太久，便撇開了目光。

「理昂，你今天話好多喔。」

理昂皺起眉，重重地發出一聲不悅，「哼……」

「謝謝你。」福星漾起深切的笑容，原本籠罩在臉上的煩燥與焦慮，已不見蹤影。

「沒什麼……」

「謝謝謝謝謝謝謝謝！」福星輕快地跳到理昂面前，既興奮又欣喜，滿溢而出的感謝和喜悅，幾乎也要把對方淹沒。

「夠了……」

福星的笑容太過燦爛，那單純的感謝之情讓他無法正視。理昂想避開，但後方是牆，福星又靠得太近，像隻興奮的寵物狗般擋在主子面前。

「退後一點……」

福星咧起深深的笑靨，一把撲向理昂，「我最最最最愛理昂了！」

理昂錯愕。

第一次有人這樣放肆地親近他。即使是在夏洛姆的時候，福星也沒有這麼直接、這麼開放過。

這傢伙，好像變得更坦率了。

這讓他有點手足無措。

「少說些莫名其妙的話了！」理昂敲了福星的腦袋一記，將他推開。

「嘿嘿，是你說開心就好，順其自然就好的呀！」福星一味地傻笑。「我真的好高興能和理昂成為朋友！好慶幸當初能和你分在同一間寢室裡！」

「哼！」

理昂惱怒，因羞而惱而怒。

他怨恨自己太過多嘴，雖然成功地解開了福星的心結，但似乎也開啟了某些奇怪的開關。

但比起那些，他更加慶幸，由衷地慶幸——幸好珠月不在現場。

福星陪著理昂到圖書館時，赫然發現其他伙伴包括寒川也在裡頭，他們待在二樓的閱覽區，朝著一樓大廳的福星招手。

「怎麼都在這裡？不去其他地方晃晃？」福星望向翡翠和洛柯羅，那兩人面前的桌上擺滿了一包一包的食物和飲料，「圖書館禁止飲食。」

「我們沒在看書，不會弄髒東西的啦！」洛柯羅一手拿著紅豆餅，一手握著現榨的哈密瓜牛奶，一臉幸福的模樣。

福星輕嘆了一聲，笑了笑，「要收乾淨啊。」他隨手拉開椅子坐下，「晃了半天，覺得好玩嗎？如果無聊的話我下午請假，帶你們去其他地方逛！如果要留下來的話，我建議可以去使用新完工的健身中心，它的泳池還沒對外開放，目前只有教職員可以進入，但平日都不會有人，等於是我們包場呢！」

其他人互看一眼，接著望向理昂。

「果然，還是要理昂才行啊……」

「三年的室友關係果然不同凡響。」

「真好奇理昂對他說了什麼。」

「或者做了什麼……嘿嘿……」

理昂皺眉，狠狠地瞪了伙伴們一眼。其他人立即閉嘴，但嘴角仍掛著調侃的笑意。

「怎麼了嗎？」福星不解。

「早上剛看到你的時候，你的臉色不是很好。」珠月解釋，「雖然看起來笑笑的，但是感覺……很壓抑，好像很煩躁不安。」

「呃！真的嗎？」他都表現在臉上了嗎？「有這麼明顯嗎？」

「看起來很正常，但是感覺就是怪怪的。」洛柯羅開口，「好像有人在你屁眼裡塞了什麼東西似的。」

「你在說什麼啊！」

「喔，就是人體美學研究社裡的書啊。」洛柯羅從容地說著、吃著。

福星不由看向珠月，珠月立即露出不好意思的表情。

「總之，不太對勁。」翡翠立即拉回話題。

「本來還以為你這混帳不高興看到我們呢。」布拉德重重地哼聲。

「怎麼可能！」福星趕緊否認。「只是早上有些煩心的事，現在已經沒事了！」

「既然沒事了，那就進入正題吧。」寒川揚聲，起身走到中央。「胡鬧了半天，浪費了半天的時間，也該收斂了。」

「童書區在三樓喔，小朋友。」小花冷冷地輕語。

「閉嘴！」寒川瞪了小花一眼，「這次除了探訪賀福星，我還有一件重要的事，與你們有關。」

眾人挑眉，好奇。

寒川彈指，十一隻黑羽兔式神現身，飛到每個人面前，手上個別拿著印滿繁複紋路、以古老文字寫成的羊皮紙，有如契約一般的文件。

「這是什麼？」

「合約、聘書。」寒川勾起嘴角，「有沒有興趣回母校服務？」

「什麼？」這個答案讓眾人驚愕。

「你要我們去當老師？」

「不一定是老師，」寒川解釋，「夏洛姆將會轉型，它將不只是一所學校，因此需要更多的人才來協助運行。」

「好樣的寒川，你可真會搭順風車。」

「我還想說又沒有約你，你幹嘛像金魚屎一樣黏在洛柯羅身後一起出現。」

「少囉嗦啦！」

福星發問，「轉型成什麼樣子？」是像建教合作班一樣嗎？

「更重視實戰。必要時甚至得到校外執行任務。」

「實戰？」翡翠困惑，「但是淨世法庭不是已經不構成威脅了？」

「這次的敵人，不是淨世法庭。況且，淨世法庭已是夏洛姆的合作者。」

「有這個必要嗎？」丹絹質疑。

雖然最終之役後，淨世法庭和特殊生命體已經和解，但和解並不代表和睦。兩方人馬心中都尚有疙瘩存在，雖然不至於產生戰爭，但大多抱持著老死不相往來的態度。

「有。因為夏洛姆最大的轉型之一，就是——」寒川停頓了一秒，「招收人類學生。」

「什麼?!」

這個答案給人的震撼太大，所有的人都錯愕，不可置信。

「這次的敵人並不是『生物』。」寒川低語，「我想，有些人應該已經知道，最近這陣子，整個世界都不太安定，有些不尋常的事情發生。那些事件，並非人類所為。」

福星眨了眨眼。

是嗎？有這麼嚴重？為什麼他一點感覺也沒有？

除了錯愕和震驚，他的心底，有股更明顯更強烈的情感。

那是一種躍躍欲試的興奮，一種迫不及待大展身手的期待。

他似乎看見未來，在未來能夠讓他綻放揮灑的舞臺。

其他人面面相覷，看著浮在面前的合約，一時不知該做何反應。

「這個世界正在轉變。不管是個人或是群體，都必須隨之應變，否則將會被時代的洪流吞沒。」寒川悠悠低語，接著望向福星，「你在猶豫嗎？」

「呃，我……」

「我以為你會毫不猶豫地答應。」寒川挑眉，「事實上，你們的伙伴，以薩・涅瓦已經加入了。他這次去挪威開會，便是召集特殊生命體，宣告夏洛姆的轉型，為夏洛姆招募新血。」

福星遲疑，「呃，我不知道憑我的能力是否能勝任……」

雖然他非常非常想！

「不嘗試的話，就永遠不知道了。」寒川淺笑，「我認為你很適合擔任輔助者。今天早上你對那學生做的事，我覺得非常不錯。」

福星愣了愣，意識到寒川說的是朝會時在辦公室裡的事。

「啊！臭寒川竟然偷看！」啊啊好丟臉啊！

「哼哼，所以，考慮好了嗎？還需要考慮嗎？」

「我……」福星環視了伙伴一圈。雖然未開口，但是大家都知道，他是為了什麼猶豫遲疑。

「你加入的話，我就參加。」翡翠率先開口，然後望向寒川，「但是我有些條件。」

「沒問題。在合理範圍內，任何條件都是可以商量的。」

「我也一樣，只要滿足我的條件就加入。」小花跟著開口。

「可以。」

「那我也要！」洛柯羅舉手加入。

「你本來就待在學園裡了吧！」寒川沒好氣地吐槽。

「我想，那些後輩應該很渴望瞻仰傳說中連續六學期穩坐學年榜首、以及第一個取得白金級借閱證的學長吧。」丹絹一臉得意地沉醉在幻想之中。

「你想太多了。」紅葉拍了拍丹絹，「我認為他們比較渴望瞻仰我的美。」

「對嘛對嘛！」妙春接口，「我也要和紅葉姐姐一起！」

「能夠回夏洛姆服務是我的榮幸。」珠月漾著淺笑。

翡翠擊掌，「很好，那這樣的話布拉德也加入了。」

「你少囉嗦！」布拉德惱羞怒吼，然後輕咳了聲，裝模作樣地開口，「我本來就打算找個穩定的職業落腳，恰巧……」

「好啦好啦！知道啦！跳過跳過。」紅葉不耐煩地打斷布拉德的話語，望向子夜，「子夜呢？要不要一起加入！這樣的話你就可以每天騷擾寒川囉！」

子夜點點頭。

「喂！你們說什麼混帳話！」

「那理昂呢？」妙春甜甜地發問。

理昂一臉淡然，不以為意地輕聲啟齒，「我——」

「我知道！理昂一定是要說，如果和福星同房的話他才同意加入！對不對？」洛柯羅插嘴。

「嗯嗯，很有道理。」

「就算沒有同房我也會加入！」理昂被激得有些不悅，怒然低吼。

「喔？」眾人略微訝異，沒想到理昂會這麼直接地同意。

難道，真的是為了福星……

為了避免不必要的遐想，理昂主動開口解釋，「等莉雅狀況更穩定，她也會到夏洛姆就讀。」

「原來如此……」

「不意外。」

「妹控。」

「閉嘴！」

現在，剩下最後一人。眾人的目光集中到福星上。

「剩你囉，福星。」

「你的答案是什麼？要接受，還是拒絕呢？」

福星揚起微笑。

答案只有一個。

他可以看見，下一段冒險的序幕，已經揭起。

——番外〈妖怪的實習教師生活〉完

——蝠星東來SP《妖怪的課後日常》完

高寶書版集團
gobooks.com.tw

輕世代 FW324
蝠星東來SP

作　　者　藍旗左衽
繪　　者　ダエ
編　　輯　謝夢慈
校　　對　任芸慧
美術編輯　彭裕芳
排　　版　彭立瑋

發 行 人　朱凱蕾
出　　版　英屬維京群島商高寶國際有限公司臺灣分公司
　　　　　Global Group Holdings, Ltd.
地　　址　臺北市內湖區洲子街88號3樓
網　　址　www.gobooks.com.tw
電　　話　(02) 27992788
電　　郵　readers@gobooks.com.tw（讀者服務部）
　　　　　pr@gobooks.com.tw（公關諮詢部）
傳　　真　出版部　(02) 27990909　行銷部 (02) 27993088
郵政劃撥　50404557
戶　　名　三日月書版股份有限公司
發　　行　三日月書版股份有限公司/Printed in Taiwan
初版日期　2020年1月

國家圖書館出版品預行編目(CIP)資料

蝠星東來 / 藍旗左衽著.-- 初版. -- 臺北市：高寶國際, 2020.01-
冊；　公分. --

ISBN 978-986-361-754-9(平裝)

863.57　　　108017332

三日月書版

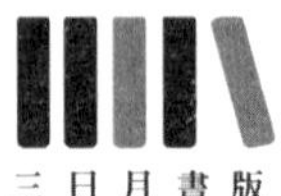
三日月書版